我们的亲密

应童／著

中国文史出版社

图书在版编目（CIP）数据

我们的亲密 / 应童著. -- 北京 : 中国文史出版社，2016.6
ISBN 978-7-5034-7900-7

Ⅰ. ①我… Ⅱ. ①应… Ⅲ. ①散文集－中国－当代 Ⅳ. ① I267

中国版本图书馆 CIP 数据核字（2016）第 161852 号

责任编辑：卜伟欣

出版发行：中国文史出版社
网　　址：www.chinawenshi.net
社　　址：北京市西城区太平桥大街 23 号　邮编：100811
电　　话：010-66173572　66168268　66192736（发行部）
传　　真：010-66192703
印　　装：北京温林源印刷有限公司
经　　销：全国新华书店
开　　本：880mm×1230mm　1/32
印　　章：6.875
字　　数：160 千字
版　　次：2016 年 9 月北京第 1 版
印　　次：2016 年 9 月第 1 次印刷
定　　价：40.00 元

以前，
在关系里我只看到
我的「需要」；

现在，
在关系里我只关注
我的「得到」。

目录

contents

始终对你怀有爱意

十六年前，我流落他乡，一身病痛。他对我说：你来青田吧，我照顾你。披上嫁衣整整十三年了，男人是用怎样的长情厚爱灌溉了我，让我尽情地绽放自己的天赋才华，让我在任何一段关系里活出那份贞静洒然，成为此刻的模样！这十三年，无论我用怎样的方式，怎样的表达，怎样的试图都不是徒劳。如果我不用心去体验姻缘，我永远无法明白一段亲密关系对我的意义。

彩虹男人

4861 个微粉都知道童请了家政公司来打扫麦公馆了。

在做家务这件事情上真是被男人骂太多年了啊。我想：这下总解放了吧?

没想到男人回来骂得更凶了。说 6 块钱一平方米的清扫费太贵了！一听说我要包年卡，就咬牙切齿，好像我窃了他的私房钱似的。你说花自己的钱还要被别人骂，不学点积极心理学真没法活啊!

其实男人的德行，就像牛顿的光谱，可以从红到紫打分排列。比如最红的那一头是男人的博学多才，本分顾家。最紫的时候批评指责找你的碴。

两口子过日子，柴米油盐酱醋茶，琴棋书画诗酒花。不以白头到老为目的的婚姻都是耍流氓。其实男人是最智慧的，你瞧，他的女人四处流浪，他哪有什么二话。他的女人还跟着别人家的男人做事业，讲课程，他一个醋坛子都没打破。还摆出一副你要回不回，老子有一堆花草相陪的架势。

于是那个流浪的妻子快快就提了上好的陈醋赶回来了，陈醋稀释后浇花，无怪乎花花草草都长得那么美好。

人世间，总会有那么一个人，他甘于成为那个沉重而死板的负担，带你下坠，带你回归。所以那个男人层次是如此分明，颜色是如此丰富。彩虹嘛，连接了天空与大地，是一道桥，让你自由穿行在天地间。

娘娘万福

忙了一整天，手脚都不沾地，就像飞翔的鸟，一刻不停挥动翅膀。傍晚进了家门不到两分钟，门开了，男人进来了。

他的目光扫过整个房间，最后恶狠狠地停留在我身上："都六点钟了，饭还没有做！中午的碗还没有洗！你都干吗去了？"

我赶忙贴上去："老公，我忙了一整天了，做了好多事情，就差一件事情没做，那就是被你骂，你快接着骂吧！"

男人不吭声了，走到客厅发现我买的花，屁颠屁颠一盆盆搬到阳台去。

好累啊，想着要做饭，头大了。

于是到阳台去找资源。找到一个埋头种花的大叔。甜滋滋地黏上去："老公，好累啊，晚饭做不动了。"

大叔抬头说："那晚上吃面条好了。"

我说："不，不想吃面条，想吃炒饭，想吃你做的炒饭。"

大叔挥挥手："那你快点去煮饭。"

于是我就下楼煮饭了。等到米饭熟了，想想资源不止一个，就扯着嗓子叫："小麦，快来敲鸡蛋，你敲鸡蛋最厉害了，晚上鸡蛋炒饭，必须要你来负责鸡蛋部分。"

一个小男孩一溜烟卷进厨房，大声嚷嚷着："你不要动，全套我来！"

于是敲鸡蛋，打鸡蛋，炒鸡蛋全套完成得妥妥的。

算了，再加进米饭炒一炒的小事就不劳烦麦皇上了。

所以等到一家人吃完香喷喷的蛋炒饭，麦皇上就主动担起了洗碗的重任。男人洗碗真的好帅啊，尤其他还是个皇上！

于是我就去讲微课了。等我讲完课，发现沙发上躺着俩男人，他们一起在研究游戏。我炒饭时煮好了毛芋剥了皮，喂到男人的嘴里，小麦在一旁作呕吐状。我说：“麦，我们一家三口对待毛芋，妈负责剥，爸负责吃，你负责吐。我们每个人都有一个适合自己的定位啊。”

夜渐渐深了，小虫子在阳台上开一场盛大的音乐会。男人推开书房的门来找我了：“老婆，我们去阳台上欣赏一下花草就睡觉好不好？”

我白他一眼：“不要叫老婆，今晚我是娘娘。”

好了，不写了，娘娘要陪皇上赏御花园去了。

1号老公

家里用了 13 年的洗衣机换上了新的！

送货的师傅把洗衣机背进了家门，在往楼上背的时候，在楼梯中央卡住了。

打电话给男人：“老公，我买了个洗衣机回来，师傅没法背到楼上去，现在小麦一个人在与非咖啡馆看书，你是先回家来与师傅抬洗衣机，然后我们一起去接小麦。还是你先去接小麦，然后回家来抬洗衣机？”

男人开始骂人，絮絮叨叨一大通，最后说：“你买这么大洗衣机干吗？”

我心平气和把话重新说了一遍。

男人又叫起来：“你自己去楼下找人来抬。”

我心如磐石：“老公，你是先回家还是接了小麦回家？”

男人妥协了，十二万分个不愿意，但还是说接了小麦再回家。并且嚷嚷着：“到家了我可不出门了！”

我说：“嗯，到家了咱不出门，我做晚饭！”

不一会儿，男人带着孩子回来了。送洗衣机的师傅在等待的空隙先去别家送电视机。男人绕着洗衣机转圈，眼珠子白啊白啊，先来了一句：“你想开洗衣店啊！”又接着对小麦说：“小麦，把爸爸的卷尺拿来！”

靠，量洗衣机的尺寸去对比洗衣房的尺寸了！

老天佑我，尺寸没超！

后来，师傅回来了。两个大男人呼哧呼哧把洗衣机抬到了楼上，搬进了洗衣房。然后一起安装调试。我闪到了厨房里煮了一锅香香的蔬菜面条。

请师傅一起吃了面条。师傅回去了。

男人一直留在洗衣房里。

我好奇，走过去，看到男人光着膀子打着手电对着滚筒。我说："老公，你干吗？"

男人又白白眼睛："看它洗衣服啊！"

又发牢骚："你换什么洗衣机，原来那台多简单，这台乱七八糟这么多按钮。除了省水，我看没什么好的。"

我微笑看着这个1号男人。鸡蛋里他总能挑出骨头来。

当我转身要走的时候，他突然叫住我："过来，教你怎么用，我看今天不讲给你听，明天你又不会洗衣服了。"

然后他仔仔细细讲了一遍。真奇怪啊，我什么都记不住。

后来，我回到书房开了电脑，却发现我的QQ找不到了。刚好男人进来，就逮着他求他把我的QQ变出来。

男人绷着脸，斜靠着我，两手灵活地在键盘上飞来飞去。后来，QQ出现在桌面上了。

整个过程我花痴一样看着他，嘴巴里涂满蜂蜜，最后一句话是："老公，你好好厉害啊！"

记住：如果你嫁的老公什么都跟你来错配，他往往是1号老公。不仅仅是从九型人格的角度，他是NO.1，是那个来成就你最多的男人！

假期

忙碌的工作间隙，给自己放个假，带孩子回老家。男人没有去，男人白白眼睛：“我要上班！”

回家看到表哥为卖提子犯愁，遂立即行动，帮表哥卖提子，过了两天，开着车，带着表哥，呼啦啦开了两辆车回到青田。

在高速上打电话给男人告知行程，他就说了一个字：“哦”。

到了青田，忙得晕头转向，又打电话给男人，让他下班后照顾好小麦。

男人回来了，我们明明在小区门口，他却像没看见似的。我只好跳着脚大声叫，他缓缓走过来，面部表情僵硬，跟表哥打了招呼。然后就上楼了。

等到了晚上十点多，表哥帮我拿行李上了楼。他在楼上的书房，我大声叫他下来，他下来了，站在门口与表哥说了几句话。

表哥连夜走了。他啥也没问，又躲进书房去了。

第二天，下午一节微课，晚上又一节微课。还发了 12 个包裹。

到了晚上十一点多，他突然说：“肚子有点饿，我们出去吃宵夜哦。”

我说：“好啊好啊！”

他马上又说：“我们去丽水好不好？”

我说：“好啊好啊！”

他叫小麦："麦，快下楼，我们去丽水！"

我手忙脚乱去收拾换洗衣服与洗漱用品。

23：30 跳进了车里。一家人开车去丽水了！

父子俩在后座笑嘻嘻聊着电影。一会儿又拿出平板玩游戏。小麦很兴奋，透过后视镜看到身子歪斜在男人身上，我安静地开车。

到了丽水，已经过午夜了。

去万廷，被告知没房间了。于是先去吃宵夜。山粉面、手工面、生煎、麦饼。一家人吃得肚皮滚圆。

在丽水大街上绕了几圈。两点钟，终于在新世界大酒店觅到一个标间。

小麦在白色的床上翻滚。像一只灵活的小猴子。小猴子说话了："因为失去了一只马蹄铁而失去了一个骑兵。因为失去了一个骑兵而失去了一场战争。因为失去了一场战争而丢掉了一场战役。因为丢掉了一场战役而输掉了整个国家。因为肚子饿了想吃宵夜，因为想吃宵夜就出了家门，因为出了家门就来到了丽水，因为来到了丽水就住进了酒店，因为住进了酒店所以有了一个假期。"

小麦对于他的逻辑推理很满意。不出两分钟，他脑袋趴在枕头上睡着了。

能力都是需要学习的。男人孤独地长大，没有机会学习如何与人去连接。他不是冷漠，他是不懂得如何去热情的回应别人。在与人沟通交流上，我与他不在同一个频道上。我

若以我的标准要求他，对他是不公平的。所以对他的表现并未觉得不妥，因为他在他的每个当下已尽自己的能力做得最好了。

昨天的自己确实很累，半夜又被要求开车出门。是回应男人：你还把我当人吗？还是回应自己：太好了，这个周末被需要了，我要珍惜机会，好好陪伴家人。我是有选择的。

因为在这个时候，不是争道理的时候，而是看到你有机会去滋养到你的伴侣，平时自己浪迹天涯自由行走的时候，还不是他在滋养你啊！

婚姻里，你若强大，不管发生什么，你都无恙。你若受伤，不是你的伴侣伤了你，而是你还有未超越的地方。

确实，因为一只马蹄铁可以失去一个国家，因为肚子饿了可以引发出一个假期。人类制造意义的方法：因果。多少时候我们弄错了因果。用过去定未来。而智慧的人呢，会用未来定今天。

哦西特

在出国签证所有的手续都办齐的时候，男人脸一沉：“烦死了，办那么多手续，欧洲不去了！”

我一拍桌子：“好，咱不去了！”

麦子家的家规是“酱紫”的：

第一条：老公永远是对的。

第二条：如果老公错了，请参考第一条。

于是男人愿意跟着我混了。我去丽水开课，他就坐着大巴车跟到丽水，明天我要杀回老家去了，7 号还要北上，9 号要去俄罗斯边境了，百度地图上看了下路程，来回 7200 公里。男人眉头一扬：“老婆，我陪你！”

今天晚上真是忙都忙死了。男人坐在空调下发号施令，各种装备啊，登山表、单反机、三脚架、对讲机、冲锋衣、防晒霜、防潮垫、驱蚊水、平板、书本、药品……

还有一连串的指令：“老婆，衣服洗掉。地拖一遍。冰箱里的桃子吃掉。”

我埋头苦干着，居然还能在微信上给咨询课程的、求支持要帮助的人们一一回应。到了十点多，干活的矩阵崩塌了，捧着个大榴梿在阳台上剥，剥也剥不开就在阳台上摔。男人看到了，问我在干吗？我回答说：“老公，我在臭榴梿破摔。”

吃了半个榴梿又活过来了，继续干活。行李箱换了一个大的。男人看我蹲在地板上手忙脚乱，很忧伤地说：“去个

草原都这样了，圣诞节去欧洲可怎么办呢？”

只有小麦很淡定地坐在充满冷气的房间。他发表了一串很抒情的演说，大意是这样子的：家啊，没有我的日子里，你要多保重，阳台上的花啊，没有水喝的日子里，你要很坚强……

午夜降临了，终于整得差不多了。一家人的远行将创造一个新的纪录：行程最远，时间最久。

慢慢地，慢慢地，在活出少女时代的梦想：天涯海角的流浪，心爱的人陪伴在身旁。

哦西特，睡觉去了。明天自驾到诸暨，巨峰葡萄我来了。

亲密付

支付宝推出了亲密付，为了讨取麦皇上的欢心，我决定开通这个功能。在输金额的时候，我输了一千大洋，后来想想诚意度不够，就凭他这张英俊的脸怎么也值两千啊，于是就改成了两千。

打电话给他，邀请他中午一起吃饭，皇上很痛快就答应了。啊哦，果然亲密了嘛！皇上大人主动在电话里说起了这个亲密付额度，我娇气十足问了句：“两千够不够啊。”皇上回答说：“太少了，三千还差不多。”

呜呜，没有满足皇上的需要，臣妾错了。

皇上又悠悠来了一句：“你给我一万也没关系啊，说不定我就只花一百的。主要是看到了心里就很高兴啊。”

呜呜呜，既已为人己愈有，既已予人己愈多。臣妾道德经没学好，比这个更关键的是臣妾存的银两不够多啊。

为了皇上大人天天看着亲密付的额度很高兴，童皇后今天要好好写稿赚银子了。

爱是恒河沙

陪男人过他第十五个生日。

每年他的生日我都大张旗鼓，写情书，送大花束到他办公室，号召我的员工与朋友们给他发甜蜜短信，给他的钱包里塞满钱，买他渴望很久的东西，比如一块登山表，一个小平板什么的，男人都是又冷又酷。

今年决定换一种风格。

一睁开眼睛，送上一句生日快乐。

男人不理我，依然是冷冷酷酷的，还跟儿子闹了别扭，独自推门就出去了。

我起床投入一天的工作。

落实了三场公益课：11月4号18：30—20：30在城东小学针对一年级家长讲“大成亲子分享会”。11月5号16：00—17：30在东山小学针对全校老师宣讲“欣赏文化进校园”。11月11号18：00—20：00在天天幼儿园讲“大成亲子分享会”。

下午去他办公室，找他的同事确定慈善晚会的流程。我附在他耳边说生日快乐，拿起他的水杯喝了一口水。

工作进展顺利。在回会心的路上又接到刘姣的电话，实验小学在11月12号左右也定了一场针对家长的公益课。

路过捷捷花店，进去买了一捧小雏菊。

媚玲那里订的蛋糕也送过来了，有一颗大大的爱心。

小麦放学了，到会心与我会合，夕阳西下，拎着蛋糕，捧着花束，带着儿子还有他的一个同学回家。

淡淡的晚餐，淡淡的烛光，只有小雏菊亮闪闪的，找到一个古朴的陶罐相衬，犹如那么明亮的童找到那么质朴的男人相守一生。

掰着手指头算了一下，他的生日定下了四场共针对一千多人的演讲。对一个男人的爱，是超越爱他本身，把他的城市他的乡亲都爱了吧。

这十三年，无论我用怎样的方式，怎样的表达，怎样的试图都不是徒劳。如果我不用心去体验姻缘，我永远无法明白一段亲密关系对我的意义。

亲爱的，爱是恒河沙。生日快乐。

亲密的法则

男人同学会回来之后一声不吭，不知道是不是见到女同学生起那句感慨“恨我当年没下手”的缘故。以往遇到这种状况，我都将魔手伸向他的钱包，偷偷装二百块进去，男人一打开钱包就立马回春了。可今早上睡过了头忘了，钱包随他去上班了，现在烦恼的是在他的电脑显示器上贴一排“你好帅”还是在投影幕布上贴一排“我爱你”？还是把他的书桌弄弄乱呢？总之，等他下班回来逮着他的婆娘想揍一顿的时候，我就心想事成了。

绝杀亲密关系的，不是吵吵闹闹，而是你不说话，我也懒得跟你讲。童在亲密关系里的态度只有两个：要么出钱，要么出命。

用钱摆不平的时候，我就创造出随便你揍的样子，反者，道之动嘛！男人就被融化了，我就顺势而为，扑到他肩头咬两口！

等死与找死

早上起来磨珠子，做首饰，拍照片。下午去祭祖，回来后躲在工作室打包，打包，打包，打了二十几个包。傍晚的时候上楼去整理首饰清单，至少已付款的都要安排寄出去。好饿啊，在冰箱里找到两片冷吐司吃了，然后重新回到楼下，要给首饰打包的时候，忽然发现没把首饰带下来，哦西特，脑残粉总这样！

于是打电话给男人，第一个电话一接通就被他掐了，第二次打无人接听，又打家里的座机，也没人接。眼看着夕阳西下，又加上饥肠辘辘，不由得焦躁起来，拖着疲惫的身体爬六楼，在半路上给快递员打电话让他来取件，快递员却说今天不来了！靠，下午说好来取件的嘛！推开家门看到男人在房间里晃悠晃悠，楼上的音乐曼妙，姐怒了！

“新仇旧恨”涌上心头，于是对他怒目圆瞪，男人刚开口想反击，我就来了个“愤怒”的情绪爆破，把男人震住了，再不敢说话。小麦已经躲起来了，于是我乘胜追击，又过了个更大的“愤怒”，这个时候眼泪不由自主下来了。深呼吸，去找了两张纸巾把眼泪擦干净，拿了首饰重新下楼。

心平气和开始打包，反正也不急着发快件了，事情慢慢做。干了一会活，回想到刚才发怒的场景，脑海里出现一个恶狠狠的大白猫(今天童穿白衣服)，不由得笑了，于是停下手中的活，给男人发了一条短信：你的人生是“等死”模式，择一城而终老，找一人到白头，安安静静过日子就好。我的人生是“找死”模式，喜欢自由行走，喜欢折腾，生命要尽情燃烧才好。你要我变成个低眉居家的妻子我怎么做得到呢？我要你与我同进退共奋斗怎么可能呢？人都没有问题，差异在处事模式上，情绪已过，下来搭把手吧，还有三十多个包裹，真的很多！

男人很快回了条信息：就算你在家的日子都低眉顺眼，你也还是不够格。

我回他说：我永远不够格，就像你也不够我的格一样，我们是不同世界的人，住在同一个屋檐下，我们都不容易。但爱可以跨越一切。下来帮忙吧！

不一会儿，男人牵着小麦的手出现了，另一只手拎着什么东西，咚的丢给我，冷冷地说一句：“吃掉。”

我一看：哦，一盒牛奶加三明治！

小麦在门外骑自行车，两口子默默地干活，我吩咐他做什么，他就做什么。小麦不时跑来问：“爸，我们再过多久上楼？我们约好的要看德国电影。”

他哄孩子说：“再过半小时。”

这半小时比一个小时还要久，一直到九点多，他带着孩子上楼看电影了。

我坐在一个大纸箱上慢慢喝完牛奶，仿佛又注入无穷的力气，起身把所有的包裹都整理好，又简单清扫了一下现场。关上门回到楼上。

如实记录这一幕生活场景，是一次深刻的观照。不会再

像以前，会隐忍，内在却充满牺牲的感觉。也不会想着要逃跑，随便去哪个天涯海角都好。现在我能表达自己的情绪，同时让事件正面转化。都说夫妻之间吵架未必是坏事，也有越吵越好的，说的就是这一类型吧！另外这则小文的意义，是呈现一个真实的童，学过那么多大师的课，也给成千上万人讲过课，并不是没有了负面情绪，不再有痛苦与绝望，而是很快能从负面的状态中抽离。智慧人生我主导，就是这样的。

他是上帝

有不少女朋友关于夫妻关系的事情向我咨询，在这里批量回复一下。

是这样子的。

狗是这样想的：这个人，让我住在家里，给我吃饭、照顾我、抚摸我，对我这么好，他一定是上帝！

猫是这样想的：这个人，让我住在家里，给我吃饭，照顾我、抚摸我，对我这么好，我一定是上帝！

其实我想说，男人也分这两种吧！

作为女人，你拥有狗的思想那就对了。

没错，他是上帝！他是上帝！！他是上帝！！！

所以不要来问：童，夫妻之间都不信任了还有和好的机会吗？

你若是怀疑上帝，上帝怎么会爱你呢？搞不好还可能会遭雷劈啊！

也不要来问：童，我真的无法原谅他。

你爱上帝还有条件这算什么事啊。

记住，像爱上帝一样无条件爱着你的男人，生活中出现点沟沟坎坎，那还不是上帝给你制造机会让你成为更好的自己嘛！

爱满自溢

早上，男人黑着脸问我：“昨天你是不是用料理机了？”我马上点点头。男人就骂了：“你也能用的？你都不把旁边理清爽你也好意思用的？”我脸皮很厚就把身子贴上去，男人一把推开，去阳台看他的花了。

我也进进出出阳台，等我回到书房在键盘上敲字的时候，听到男人又在外面叫了：“你是不是把我的拖鞋拖走了？”我低头一看，可不是嘛！赶紧起来，男人已经恶狠狠站在门口了：“你不仅穿错了我的拖鞋，你还把浴室里的拖鞋拖到楼上来了，你不长眼睛吗？”我赶快跑过去，想使美人计跟男人贴个脸。男人赏我一个大白眼，转身就走，经过咖啡桌的时候指指桌子：“把你的茶具收起来，马上！”我弱弱地说：“老公，等我喝完早茶再收好不好？”男人咆哮起来：“书桌上也给我理清爽，把你的东西全部给我拿掉！”

每当这个时候，我都惊叹在我面前的是一个多么独特的人，在我看来如此琐碎平常的小事件在他那里是不可饶恕的大原则。不着急贴标签，不要启动惯常的反应模式，让每一个相处中细小的片断发展成一个深刻的经历。

一段很深的情缘，可以发生在一次细小的冲突里。

世界那么大，人生的旅程那么漫长，为何偏偏与他结为夫妇呢？一定是我的内在希望发展出他身上的某些特质。这

个时候不妨反观自己，试着启动内在这一部分的力量。当我不断发展这些力量，我的内在会越来越趋向平衡与圆满。这是真的爱到自己，然后爱满了就漫溢，自自然然去爱及他人。

尘埃里开出一朵花

回家后事情可真多呀，一些积压的工作，洗洗涮涮，下厨做饭，还要陪小麦下棋。可男人就没正眼看过我。有一件包裹，写的收件人是他，他接到货运部的电话，过了会，手机上收到一条短信，上面是货运部的电话，还有几个字：自己滚去拿。

昨天下午，他带着小麦进城了，每个周末父子俩一起逛街是他们几年不变的约定。我留在家里像个充满了电的机器人，忙得脚不沾地，屋子里的事情暂时停一停，开着车去货运部搬大箱子，又进城去送东西，半路上忽然就下起雨来了。阳台上晒满了衣服与床单！

那一个刹那，有一份力不从心的窘迫与四顾茫然的无助感。车子快速行驶在过境公路上，我深深吸一口气，告诉自己：没事，衣服可以让洗衣机重新漂洗一遍。不知父子俩回家没，不然也要淋雨了。

回到家，屋里还是空荡荡的，忙不迭去阳台上收衣服，然后继续干活。晚上吃饭的时候，男人把目光全部留给手机，我就与小麦说话，娘俩聊了聊宇宙里的若干星辰。比如地球上 70% 都是水，为什么不叫水球而是叫地球呢？小麦说那是因为古人没有能力升到太空看到地球的全貌，误认为这颗星球大部分都是大地，所以叫地球。而水星并不是因为它上面有很多水，而是因为它的颜色是蓝色的。

晚饭后与小麦玩了一会儿，在大床上做费登葵斯律动是我们娘俩几年如一日的保留节目。身体舒展开来，咯咯大笑的时候，神经系统与肌肉的锁结就打开了。

等我睡觉时，两个男人已进入梦乡，我也很快沉沉睡去。

今天早上，小麦去上学了。我起身在衣柜里找衣服，男人走过身边，忽然拍了一下我的背。我笑眯眯回看他，他说话了：“今天去医院做下针灸，神经又出问题了。”

我忙问：“怎么啦？”

他低低地说：“腰侧痛，前两天脚上也痛，痛得都睡不着。”

我说：“嗯，我开车陪你去！”

两口子出门了，户外是炎热的夏日景象。在车上男人开始说很多话，说这几天他身体的状况，说他看起来是 30 岁的样子可身体状况已是 60 岁了。我纠正他说：“不，你把头发去染成黑色，看起来就是 19 岁的少年，如果背上我的书包，就可以去大学报到了。”

在医院走楼梯的时候，我走在前面，伸出手，他把他的手搭在我的手心，这个时候他变成一个孱弱的男童，亲密关系里常常是需要互为父母的。

做针灸的时候，两口子有一搭没一搭聊着，他说：“你看那个医生是不是跟 XXX 的老公很像？”

我说：“我没注意看他啊，我的眼里只有你呢！”

然后我掏出精油调的软膏，轻轻涂抹在他的关节上，配方里有德国蓝甘还有薄荷，气味优雅芬芳，抹上去凉凉的，

沁人心脾。

从医院出来，十点多了。我说中午一起吃饭不？

他说除非吃大餐。

我说太好了，我正想吃大餐。

他说除非你请客。

我说太好了，我正想请客。

我说那在哪里吃？

他说我下班后到西舍。

我说太好了，我与小麦在西舍等你。

亲密关系里的修持，最难的是当你亲近他，不管他是否亲近你，你始终怀有爱意。因为，你爱的明明是他，其实却是自己。

空气中有微小的尘埃，让它蒙住你的眼流泪不止吗？还是在尘埃里开出一朵花来。

重要的是一堆白眼

晚上讲完微课想喝咖啡，男人在看电影，我去求他打一杯咖啡，未果。自己去摆弄那个机器，没成功。喝不成咖啡，那就喝茶喽。男人看完电影，打开门伸进一个脑袋，我大叫着要喝咖啡，男人赏我一堆大白眼。好吧，不喝就不喝，那我就啃葡萄干喽。

其实也未必自己真的很想喝咖啡，只是女神平常实在太忙了，顾不上他，如果再不故意搞点名堂让他感受到他很重要，那他会得很严重的被忽略创伤的。

所以重要的不是他是否给我冲了咖啡，重要的是他能向女神赏一堆白眼。

都是礼物

父母带着小外甥去诸暨喝喜酒了。家里一下子安静下来。

妹妹在楼上的小客厅，我在书房，各占着一张桌子，伏案工作。

傍晚的时候，去车库打包发货，寄书啊、调油啊，包裹堆在门口，再给快递员打电话。他已摸索出我的规律，通知收件就意味着回来了，没有电话就是远行了。

有一些小小的默契，发生在我与一些平凡的人与平凡的事物之间，比如我想到了伟丽，再一抬头，就看到她送我的蜡梅树在窗外吐露芬芳。

在厨房做晚饭，妹妹洗菜、切菜，小麦掌勺，我在一旁指导。剥了一盘橘子，跟小麦说妈妈摆一盘曼陀罗。

男人默默地吃饭，回到家 24 个小时了，他只在昨晚我点香的时候说了一句话："你再点香我就把它丢掉！"

于是我端着香盒到外面的客厅里，摆在妹妹的书桌上。

给男人盛面条，嘱他多吃点菜。

晚饭后坐到书桌前，男人进来了，忽然搂住我的肩膀，轻声问我："要不要来杯拿铁？"

我点点头。不一会儿，一杯热咖啡捧到了手心。当我咕噜咕噜喝完的时候，男人把杯子拿去洗了。

书桌上乱糟糟摆满了书、本子、茶杯、手上卸下来的首饰，他居然没有骂我。离家 16 天，到家后也找不到休书。反倒在床头柜上找到一盏新台灯，在书房找到一台新的咖啡机，小麦又拉着我去卫生间，一进去，一盏小小的感应灯亮起，小麦笑眯眯地说："妈，现在我们的马桶很辉煌吧？是爸新装的！"

生命的意义，在于同类能量聚集后的喜悦绽放！

此生与他结为夫妇，我们一定是同类，所以不着急，整个春天都在成就一场花事，为什么我不能像等一朵花绽放一样等待他呢？

如果你连身边最亲近的关系，都无法展示出爱的能量，你又如何在芸芸众生中，达到这种高贵的品质呢？

当我去接纳他的全部，就是接纳了他的完整。关系的第一原则，是不试图去重塑他人。当我这么做到的时候，他用无上的包容回向于我。

晚上讲了一节微课，好好传播我的学问。知择人的群里又刮起了抢购的旋风，那是我回归到CEO的本位。做学问也好，做企业也好，终归会经历很多，所有的发生，有时貌似是一个障碍，但最终是一个礼物。

多重婚姻

正在书桌前埋头工作，男人推开一条门缝，我看到一个穿睡衣的老帅哥。老帅哥面无表情说了一句话：“早点下楼睡觉！”

我勾引他：“老公，进来坐我旁边！”

他不理我，关上门走了。

我仿佛交到了一个新的男朋友。身体细胞里有一股莫名的躁动。

我深呼吸，更加有效率的工作。

总是被不断地追问：应老师，你学了这么多课程，你的老公都没有跟着学，会不会觉得缺乏共同语言了呢？

也有一些朋友会来向我倾诉：自己成长之后与伴侣失去了共鸣，很痛苦。

事实上，当你开始成长，如果你的伴侣没有跟着同步，那你们的婚姻就已经结束了。

重要的不是去抱怨你的伴侣为什么停滞不前，为什么不愿意成长。

重要的是：现在的你已变得不同，那么你当下需要的是什么呢？

当你聚焦于当下，就会去探索：需要做些什么才能让你们有一个新的婚姻？才能让你跟眼前这个人结婚。

然后，你会很自然地做一些调整。比如你绝对不会在他面前讲你感兴趣对他而言却是全然无知的事情。你绝对会在他面前表现出弱智与花痴神情。

我们与一个人共度一生，却是要拥有很多段婚姻的。

每一个阶段结束，不留恋，只是感恩。然后喜悦地踏入下一段的旅程。

有资本的男人

车祸发生后六个小时，重新开车上高速，给男人打电话。

我：“老公，有空吗？”

男人：“干吗？”

我：“你有时间骂我吗？”

男人：“是不是你又改变行程了？”

我：“没有，不过这件事情蛮值得被你骂的，所以我就打电话给你。与其等你知道了骂我不如先让你知道让你骂！”

男人：“到底什么事啊？”

我：“车子被撞了！”

男人：“那你人呢？”

我：“人活着。”

男人：“那我不管，车子反正是你的。”

我：“老公，我是你的，你要管。”

男人：“那修车的钱谁出？”

我：“保险公司。”

男人：“那随便，我不管了！”

我：“老公，那你骂我呀！”

男人：“好了好了，你照顾好自己。”

电话挂了，过了一会儿，男人发来两张照片，一张上面有些小玩意儿，另一张是英文的邮寄单。

我回复他一个字：“啥？”

男人回复说：“花了一个半月才从美国寄到的泡茶器。”

我发了一个捂着嘴笑的表情，心里不免想着：格调有这个高度才有资本来骂童女巫呀！

先不要打死

中秋佳节，男人发了个青田的月亮给我。又发了个淘宝购物清单，定睛一看是西式餐具，看起来国庆节“麦霸牛排馆”要开张了。

赶紧飞了个红包过去。

“长相思兮长相忆，短相思兮无穷极，每次别离绊人心，赶紧红包飞过去！”

然后叨叨叨叨与男人叨家常。男人忽然说：“你搬到车库去用的野炊桌，那袋子到哪里去了？”

啊（二声）？袋子！

“你是不是给我扔了？”

啊（三声）！有这个可能性哦！

“我打死你！”

啊啊啊（四声）！老公先不要打死，打死就真找不到了。先留活口，回来说不定还能找到！

“我找过了都找不到！”

哦哦，桌子这次真是帮了我的大忙了，桌子是你买的，你真是帮了我的大忙了！

“好了好了，北京天气怎么样？”

“嗯，晴朗，但我还没看到月亮。”

爱是陪你看星星

晚上我讲清谈，红猪与小麦开庆祝会吃小蛋糕。

20：30，小麦睡了。红猪也进了卧室。结束清谈后，我去房间找他，邀他回书房喝茶。

红猪支支吾吾不肯答应，我只好使出“美人计”，从来都不会失手的，没过多久，一个光膀子的男人出现在书房。

看完电影，红猪去了阳台，突然在窗外叫：“老婆，天上好多星星，快来看！”于是两口子一起爬上了屋顶。男人告诉我北斗七星的位置，又告诉我天蝎座里最亮的那颗星。

男人说：“如果现在全城停电那多好，天上的星星就看得更多了！”我说：“那我们去乡下看星星好不好？”男人说：“好。”我说：“我们现在就去看吧！”男人说：“那我去拿三脚架与相机。”我说：“那我穿睡衣也可以的吧？”

临出门的时候，红猪看着我光溜溜的大腿说：“你穿上长裙吧！山上冷！”

我们出门了。我没带手机，睡衣配上长裙又披了件开衫，去乡下看星星。

沿着阜山公路往上开，路两旁植被丰茂，空气中有那种可以深深吸入的清澈能量。开到高大的桐树下，车轮辗压过白色花朵，路边还有一丛一丛茂密的野蔷薇，也正值花季，粉白色的花瓣簌簌落在路的边沿。

盘山公路蜿蜒，城市的灯火渐渐远隐了，在一个转弯的开阔处，我停下了车。

红猪迫不及待跳下车去，撑起三脚架。我熄了火，站到路上，只觉得漆黑一团，一抬眼，不由得惊呼：呀，天穹里星辰密布，犹如碎钻洒在黑丝绒上，那份神秘与壮美震慑得我连呼吸都停止了！

红猪开始忙碌起来。我的眼睛也渐渐适应黑暗，慢慢感知身边的环境。原来车子就停在一棵桐树下，而路的一侧是溪涧，能听到哗哗的水声。另一边是悬崖，一排茂盛的杉树形成一道黑黝黝的屏障。

天上繁星密布，地上萤火虫点点飞舞。无风、无云，虫吟、蛙鸣。

真喜欢这样的夜啊，凉凉的却也不冷。暖暖的却又不燥。林间的气息、意志、美感侵染着裸露的肌肤。我雀跃着在路上跳着，与红猪说着话，发出清亮的声音。

公路上极其安静，停留了大约半个小时，还是有两辆车子交汇。天空被车灯打亮了，延时摄影报废。我们决定继续往上开，开到更偏僻的地方去。

红猪摩拳霍霍：“老婆，如果今天能拍到银河就好了！”

我们发动车子，继续前行。这次拐进了一条陌生的村道。路陡然变窄了。驶过两个死寂的小村庄，还驶过坟地。

红猪开始讲恐怖故事。还问我怕不怕？我说对安息的人有一份尊敬，那就是安全的。

在一个可以倒车的三岔路口，我们停了下来。

哇，这里更安静，天空背景也更深了。

我们辨识了一下天象，很快找到了北斗七星。对着一条白色的光带，红猪不太确定是云彩还是银河？

于是拍摄验证，三分钟后，红猪兴奋地大叫："哈，是银河！终于拍到银河了！"

接下来两口子就很忙了，找牛郎星，找天狼星，找七仙女星团，找大熊星座与小熊星座，找金牛座………

红猪用他的电子表确定了方位，定时 30 分钟开始拍星辰的轨迹。两口子一边等待一边聊天，聊到宇宙的起源，其中红猪跟我讲了"人择理论"。大意是：宇宙大爆炸的时候其实诞生了很多个宇宙，每个宇宙都有一个物理参数。其中我们身处的这个宇宙的物理参数恰恰好适合诞生人类这种生物，而人类这种生物恰恰好有思考的能力。所以人类会思考：宇宙到底为什么是现在这个样子？但事实上，宇宙并不关心这个，因为它可没有想过存在的意义。宇宙是这个样子，是因为我们人类赋予它这个样子，并且尝试去解释。

我对红猪说："其实问'为什么'是没有意义的，因为宇宙不需要'为什么？'它只是呈现了它'是什么'，我们也接纳'是什么'就对了，是吗？"

红猪说：“是啊。树也不会想我为什么是树，它只是成为树。只有人会问为什么，以为这是我们的自由意志，但也不过是一种幻觉罢了。”

然后红猪跟我讲了“我”是一个幻觉。

我发现我花了很多学费去学来的生命实相，他其实都知道的。

话语停止的时候，我轻轻地哼唱起来，当红猪在调相机的时候，我在空空的路中央跳舞。

北斗星渐渐下沉，那个勺子底部的星沉到山峰下面去了。山谷里传来咕噜咕噜青蛙的叫声，萤火虫缓缓升上树梢又降落下来。

红猪拍好了星辰的轨迹，又拍了几张银河。我们决定回家。

1：18，我们回到了家里。

嚷嚷着喊饿的我，去阳台上掐了两根葱。红猪煮了一碗方便面，我把葱末拌在里面。吃饱了，睡意全无，写下上面的文字。

爱里面有很多机会，比如这个夜晚，去山上把星星放在眼睛里，再来看一段关系，看这个世界，就变得明亮。

三股辫大人与老公主

清晨，两口子在阳台上看花，一只白粉蝶在视野内飞来飞去，我披头散发挨着红猪：“老公，扎辫子，扎麻花辫，我是三股辫大人。”

男人一把揪住我的头发，给我拧成一团。

他给小麦煎了鸡蛋，烤了吐司。我还没吃早餐。他说：“还有点米饭，你煮泡饭吃。”

我说：“老公煮。”

他说：“自己煮。”

我说：“不，我是老公主，驸马你快去煮稀饭。”

男人下楼了。

在家庭这个系统里，女人跟随男人，男人服务女人。很多男人从小没被教育怎么服务女人，所以你得去创造。

身为主妇的日常

我深深懂得，他是我从上帝那儿接到的大单，让我学习关于爱、责任、界限、安身立命、孤独、幸福等等，在万千人海遇到他，与他漫长相守度日。把自己的人生调在一个不懒、不颓、不懈也不亢、明亮而不兴奋的状态。都是他成全的。

也许婚姻关系难免带来最深刻的痛苦与恐惧，但也能唤起我们内心真正的需求和归宿感。在亲密关系里，真的不应该有所依赖，这样才不会把自己的软弱与无能都推卸掉，而是一边独自成长，一边相互豢养。

大神

天气热了，大神开始穿凉鞋，凉鞋就要配短裤，短裤口袋太浅，钱包没地方放了。

大神的智慧是无穷的，今天早上，他喜滋滋地对我说：老婆，我把钱放手机里了。

说完，拍拍手机后盖。边上在吃饺子的小神神搭话了：爸，那你放的一定是纸币。

且听大神自言自语：“如果一个男人不带上一百块钱可怎么出门啊！”

然后对着我很妩媚地笑：“老婆，我带了十块！”

附另一则小片段：

早餐我做的是饺子，猪肉馅的。小神神噘起嘴巴不吃，他跟猪肉有仇。

大神说：麦，你快把饺子吃掉，不然它会有被抛弃的创伤。

小神神开始吃饺子了！哦西特，把大神小神请进大成亲子课堂实在是英明之举啊！

天上白玉京

牵着小麦的手回到家。房间里灯影幽幽，男人在楼上的小客厅里追美剧。iPad 搁在铝合金的架子上，他的身后是初秋淡雅的夜色。

我说：“九点了，小麦想你陪他洗澡，你下去先把小麦安顿好了，明天要早起上学。”男人一言不发看我一眼，就下去了。

我走到露台上，傍晚下了一场大雨，早上洗干净晾出去的衣服全湿透了。遂一件件收下来抱回洗衣房重洗。

转到小客厅，发现椅子上搭着男人的上衣，拿起来凑近一闻，有汗味。遂丢到洗脸盆去。

下楼，听到浴室里花洒发出的水声，父子叮咚说话的声音。整理一下床上的被单，小麦脱下来的脏衣服摊在地板上，捡起来放进洗衣篮。

一个香孩子从浴室里跳出来。男人又回楼上了。小麦跳上他的小床，灯熄了，黑暗中我向孩子伸出手，忽的一双小手就紧紧勾住我的脖子。我拍拍他的背，在额头盖上一枚温柔的吻，向他道晚安。

坐在阳台的躺椅上，微信上有很多留言。每一场谈话都扬起思维的细沙。

回到洗衣房，把洗干净的衣服重又晾出去。男人抬起头，说了一句：“明天我换手机了。”

我说：“准备换什么手机？苹果吗？”

男人说：“华为。”

我笑笑说：“嗯，技术控专用机。”

再没有对话。夜色慢慢变得深重。

我们一前一后下楼，进了卧室，一前一后洗漱。男人开了小小的床头灯开始看书，我在脸上贴了一片面膜，挨着他躺下来，很自然地把腿搁到他的身上。

男人也很自然地伸出一只手，细细摩挲我的肌肤。书页翻动的声音沙沙的，我把功课表脱下来放在枕边。白水晶与石榴石串成的珠链，每一天都提醒我：凡有意义皆无意义，毫无意义竟是全部意义。

人间的天国是有的。无妄想，也没有理想，自不会破灭，自啥都明白，自然就过太平日子了。

秋意沉醉的夜晚

晚饭后，麦爸爸与小麦子在楼上，我在楼下卧室做清扫。十点钟，洗完澡乖乖爬到床上准备睡觉。

手机嘀的传来短信息。瞄了一眼，居然是麦爸爸发来的，两个字：上来！

麦皇上下诏书，赶快屁颠屁颠穿个白色的小睡衣就跑到楼上去了。只见小麦王子的书房灯火明亮，熊孩子跪在地板上对着一座乐高的城市念念有词，麦皇上呢，光着膀子穿个小裤衩坐在阳台上，双腿架在通往屋顶的楼梯上，白色的肚皮像一个光洁的平台，上面坐着一群瓜子。他捧着电子书，iPad放在脚边，传出美妙的蓝调音乐，半个月亮挂在身后的夜空，他看着电子书，不时摸一颗瓜子嗑嗑，看到他的皇后娘娘了，眼皮也不抬一下，很冷酷说了一句：搬个椅子出来。

屁颠屁颠地搬了个椅子坐到皇上旁边，脚也抬起来搁到他的大腿上，手伸向他的肚皮摸瓜子吃。半米之外那盆茉莉花吐露着芬芳，香气与月色一样让人心神荡漾。

麦王子在召唤他的母后了，跑到他的房间，听他陈述他的设计思路。我坐在矮几上饶有兴趣听他发表演讲，他是如何从拆了一个变形金刚开始，搭建出一个兵营，一座监狱，一个餐厅，一个机场，一个仓库，一堆武器与一群人民。最后我请他下次搭建出一个他内在的世界，他的社会全景图。

夜慢慢深了，娘俩一起来到了阳台，小麦爬到楼梯上坐着。

看到他爹在看电子书，他又跑到他爹的书房，捧了台灯拿了书，也专注看了起来。一家三口还不时说说话，小麦对着天空很抒情地说了一句："啊，这月光把大地上的一切都涂上了银色，大地就变成了一个银子做的世界啦！"不知怎的，父子俩又讲起人体的系统来，然后小麦跟我讲了人的生殖系统。他说："制造卵子的工厂有两座，名字叫卵巢，每座卵巢工厂的外面各有一根叫输卵管的管子，它会把卵巢生产的卵子，像老鹰抓小鸡一样抓到子宫里去。"他又说："在阴囊地区建有专门制造精子的睾丸工厂，上面有一张安民告示，因为睾丸必须在低温情况下才能进行正常生产，所以一切火种、热源禁止入内！"

麦子，你有当生理卫生老师的潜质！

皇上说饿了。皇后娘娘立马就去到了御膳房，煮了一大碗热腾腾的葱面条，三个脑袋凑在一起稀里哗啦吃了。皇上又拎了瓶粉红色的 RIO，倒在心形的冰淇淋小碗里，在月光下与皇后娘娘对饮。

两碗小酒下肚，小麦王子已经不见了。下楼，看到卫生间里的小灯亮着，大床上趴着个孩子，歪着脑袋已睡得很香。男人踢踏踢踏走到那一片亮光中去了，水声哗哗传来，我看到他的侧影，抿着嘴，轮廓分明，心里忽然轰的一下，仿佛十几年相守的光阴都定格在这一刹那的凝望中，浓得像烈酒。

醉了。睡了。光阴悠悠，继续往前走。

今夜的花香

夜晚与夫君进城。车子停在一棵桂花树下，我们去会心把自行车安装好。然后扛到楼下，沿着小小的花坛骑行。在小区的偏静角落里，我打着清脆的车铃，车轮子窸窸窣窣转动，发出某种有韵律的回响，身体穿越过夜色，带出温柔的气流，混合着桂花的香气，和一个男人静静地注视。

他也试着骑车，骑得东倒西歪。六年前脚上的手术伤到了他的血管与神经，影响了他的平衡觉。他是我从上帝那儿接到的大单，让我学习关于爱、责任、界限、安身立命、孤独、幸福等等，在万千人海遇到他，与他漫长相守度日。把自己的人生调在一个不懒、不颓、不懈也不亢、明亮而不兴奋的状态。都是他成全的。

后来，我们把自行车折叠起来塞进小福的后备厢。去超市买一些日用品，去一个烘焙房买了小蛋糕，他默默付费，两只手满腾腾的，我把双手插在长裙子的口袋里，用目光包裹他的身影。

爱与归属带着我们的身体返回家园。

偷懒不易，全靠演技

吃了饭，不想洗碗，于是看见男人就发出小猫一样的叫声："呜呜，老公，我很累，可我还想洗碗。"男人看我一眼："碗我洗好了。"

我花痴一样看了他五秒钟，口吐六字真言："老公，你太好了！"

停顿一下又说："明天去云和开课，我去收拾下行李。"躲进房间，手机玩得不亦乐乎，听到门外有动静，赶快闪进走入式衣柜，装模作样理起衣服来。

男人拿着一套装备出现在面前，笑眯眯朝我招手："老婆，来听下音乐放松一下。"于是，我飞快扔下衣服，与男人并排斜靠在床头，套上价值 1800 大洋的耳机，开启价值 2000 大洋的音乐播放器，给耳朵来了场温柔的按摩。

男人的手也没闲着，把我的小手摩挲了一遍又一遍。昏昏欲睡，我说："好累啊，大姨妈来了，我肚子痛。"男人爬了起来："那我不吵你了，我去楼上带麦子，你快点睡。我们下楼前你要睡着知道不知道？"我可怜兮兮点了点头。

男人走了，我东摸西摸一番又摸到楼上去了，男人急了："你还不快点睡！"我说："我去精油房拿精油，上课要用的。"拿了精油东扯西扯又吃了个大柿子才心满意足下楼。

洗漱完毕，又美美贴了个补水面膜，舒舒服服钻进被窝，在男人再一次看到我时，上演今晚最后一出戏，那可是压轴的，题目叫作"卧床不起"。

模拟战争

男人新买了一件短款风衣，米白色。穿在身上英俊得让人不敢直视。他很得意，破天荒拍了照片传给我看。等我回到家，他扒拉扒拉那件衣服，孩子气地问我：“老婆，是不是很好看？我花 90 块钱买的。”

我笑眯眯看着他：“真的很好看，你确定这是你买的？这么好的眼光，是不是你女朋友挑的呀？”

男人眉毛乱跳：“哪有，是我自己淘的，反正很便宜，才 89 块钱。”

我脸一沉：“刚才还说 90 块，现在就说 89 块，到底多少块？你给我说清楚！”

男人脸色大变，说话开始语无伦次。

我目露寒光：“哼，肯定是哪个小姑娘给你买的，我还真不信你还有这种眼光！”

男人急了，拼命说是自己买的。

我看再演下去要出人命了。

伸出柔软的小手拍拍男人的肩膀：“嗯，老公真不错，这么便宜还这么好看。”

模拟演习结束了。发动一场战争真的很容易啊。

换灯泡

麦妈：“老公，车库的灯泡坏了，晚上师傅来铺木地板，怎么办？”

麦爸：“换个灯泡就行了，小麦书桌的抽屉里就有一个。”

麦妈：“我换不来。”

麦爸：“放心好了，不会电到你的。”

麦妈：“不行啊，换灯泡这种事情我永远也不会做啊！”

麦爸：“好了好了，等下我来换。”

麦妈：“老公真好，有你就有光明！”

年度好老公

男人给我买了张新书桌。新书桌要配新台灯。

这不，男人辗转反侧，拿着手机窝在被子里，突然伸出手，把手机举向我：“老婆，台灯选好了，银色。”

我看了下，同款还有种玫红色。我说：“老公，你老婆是红人，红色比较合适。”

男人说：“什么呀，你还在乎红吗？你想红就红，想绿就绿，你是时尚的先锋，银色代表时尚啊！”

好吧，了解老婆超越她自己的老公真的是个好老公。

姻缘似春

30号等我回到家的时候，男人已经把楼上的调香室清空，刷上了蓝油漆，给这个只有6.88平方米的小房间铺上了榻榻米，它变成了小麦的房间。

我的书房订了一张新沙发，一张书桌，配了投影仪。男人说一直想要一个影音室，想了十年，终于实现了。

这个家，住了十年了。天花板有些地方开始脱落，这一次重新修好了。买了新的大床，换上了地中海风格的，床屏采用百叶窗造型，水曲柳的清新自然木纹很质朴又与众不同，我配了无印良品的天竺棉床品。

车库也做了大清理，铺上了木地板，搭建了高大的置物架，改建成一个开放式的工作室。

车子也换了，小福换成了大福。

买了一些植物：水仙、风信子、常青藤、郁金香球茎……

因为，麦爷爷奶奶3号要回国了。

公公大人旅居国外二十多年，中间只回国一次，婆婆也只回来过三四次。2007年奶奶去世，我第一次见公婆，那时小麦未满周岁。

对于在父母膝下长大的我无从体会与父母漫长分离是怎样的一种孤独。我们结婚，小麦出世，男人病危，人生如此重要的时刻，父母的席位是空的。

长路坎坷多舛
一程一程孤单
年少到白头
相思鸟在绿荫下啭鸣
生活的帷幔垂下来
慢慢地，有点沉
只觉得对岸杨柳依依
雪松如父亲般静默
薰衣草如母亲的抚慰
世间所有的花朵相约着芬芳
纵然大时势碾碎个体
诚觉事事一切正当　尽可原谅

两个老人回到儿子身边，住在洁净舒适的房间，看到新的车，长大聪慧机敏的孙儿，他们会感受到他们的孩子把家建设得很好，有能力照顾好自己。那么再次分离的时候，心是暖的。

如果姻缘分四季，这一生，我的姻缘都是春天，是暖的。

春天来了

男人在年前买了两个会变色的灯泡。他说要过一个彩色的年。除夕前一天接到电话，灯泡在义乌送不过来了。男人就很遗憾。晚上当我走到楼上小客厅，看到他拿着手机在遥控那盏落地灯，而落地灯变出七种颜色的时候，我整个就花枝乱颤了！

当男人爬上椅子去给顶灯也换变色灯泡的时候，我瞅住机会冲上去抱住他的大腿，发出小猫咪一样的声音：老公，你真是我心目中的大神！

家里的气场忽啦就变了，男人招呼着小麦拿抹布啊，搬垃圾筒啊，然后把娘俩花三天弄乱的桌子理得清清爽爽。

现在男人带领小麦在看《哈利·波特》了，吃薯片吃得倍儿响。当一个人实现了什么且被人仰慕的时候，春天就来了，是不？

今日归家洗客袍

此刻静静坐在车站，手上抓着三张车票，守着个大箱子。

小箱子扔在旅途了，水杯都拧不上盖子，还不愿回江南去，我就顺从它，把它留在北方的一张桌子上。

啊，男人居然没挂我电话，那休书肯定还没写的，我决定在他的书桌前贴一张这样的纸条：

男人最霸气的地方就在于：我老婆想吃葱面条我给做，我老婆想吃榴梿我去买，我老婆脾气不好我惯的，我老婆调香我喜欢，我老婆会讲课我成就的，我老婆没钱我养她，我老婆能赚钱我骄傲。我老婆行走江湖我信任她，我老婆回来了我欢迎她。我老婆胖了，那是我疼出来的。我老婆瘦了，那身材超棒！关键是我爱她。

今晚午夜时分能到家吧，小麦子，你的梦里会有一个吉普赛女巫亲吻你的脚丫子……

送你一个初恋

中午给男人打电话。

电话很快就打通了，男人问：“你什么时候回来？”

我弱弱地说：“老公，我在机场。”

啪的一下，电话挂掉了。

赶紧拨回去，再也没人接了。

赶紧发一个短信过去：“亲，我不是飞，我是接啊！”

再也没有反应了。

要扭转这种局面呢。第一步，你自己要保持淡定。你想啊，他得有多在乎你才会有如此明显的情绪反应嘛。

第二步，当然是创造条件。比如当我在金华服务区看到有一种肉肉叫“初恋”的时候，毫不犹豫就买下了，信手指去又买下其他七盆，装了两小筐。看到含苞待放的栀子花，忍不住也买下一盆，哎呀，边上的柠檬多可爱啊，可以填补麦家植物园的空白，于是也买了。

傍晚的时候回到家，把两筐肉肉放到男人的大腿上面，把栀子花与柠檬放在他的两边。然后搬个小板凳坐到他面前，搬起他的大脚板放在自己的大腿上面。然后就是托着腮帮子这么看啊看啊，不超过 180 秒，男人开始说话了。

话题当然是从植物说起。然后从人物结束。

两口子牵着手在阳台上转了一圈，离家三天，月季花已开满枝头，今年它们开得可真大啊，我不得不把我的大饼脸凑上去比画。睡莲的叶子也铺满了水池。我侧目看了眼身边的男人，满阳台的花草像极了他的小妾，现在的他妻妾成群，忽然也就明白了做一个幸福的妻子，就是给他买一个初恋啦！

亲密的秘密

傍晚，去停车的时候，发现车库门大开。跳下车一看，啊哦，男人在整理我的储物架！

晚上有网络课，离上课还有半小时，好困啊。我说我去沙发上躺一下。闭上眼睛躺下来，听到门被轻轻关上了。

发现小麦在玩平板，我悄悄对男人咬耳朵：老公，你让小麦休息一下，他玩平板很久了。然后听到男人在叫孩子："小麦，快来看北美纪录片！我们一边骑自行车一边看。"孩子屁颠屁颠就跑过来了。

我坐在书桌前。男人闪到我身后，揽住我的肩膀："等下好了把桌子整理干净再下楼，不要吵我和小麦。"

当我专注在做事的时候，冷不丁窗户外伸进一个脑袋，拨拉拨拉窗台上的花盆，自言自语说："嗯，明天向日葵会不会发芽呢？"

不一会儿，我又听到窗外传来他与孩子的对话，是关于评论月季开得有多美！

在亲密关系里，真的是不应该有依赖的，这样才不会把自己的软弱与无能都推卸掉，而是负责自己的成长，从而滋养到对方。

我在旅途，与他守护着家园。创造出亲密的不是我们拥有一个共同的孩子，而是彼此的尊重与独立。

如果没有很多爱

上个礼拜三，我拖着行李箱往外走，男人看见了，黑着脸问我："你又跑哪里去？"

我弱弱地说："今天去景宁讲课，明天到缙云，后天在丽水，星期六早上我就回来了。"

男人恶狠狠吐出一个字："滚！"

我就顺着楼梯轻快地滚下去了，还不是一个人滚，还是与另一个男人结伴同行。

在外面游荡了三天，回到家舒舒服服窝在沙发里看电影，把大腿架在男人的大腿上，把一盘水果放在男人的肚皮上。

男人说："你就把那男人一个人丢在山上不管他？"

我说："是啊，我管他三天了，现在你管我两天，下个礼拜我再管他。他要待两个礼拜才走。"

男人不说话，咯吱咯吱与我一起抢着咬苹果。

上个周末是母亲节，男人主动请我下馆子吃了大餐，主动跑到花店买了一盆绣球花与一盆红百合，还把车库最后一个置物架也给搭好了。

两口子坐在阳台上赏花草，我数来数去数那一阳台的姹紫嫣红，花草种类已突破一百种了。现在男人对屋顶生起了种植的野心，多么花心的男人啊。

昨晚又去主导分享会了，有"男朋友"自远方来，我排了八场讲座。人生是一条长路，旅途中遇见好学问要分享，

遇见好朋友也要让更多的人来认识。等我回到家又是黑漆漆的深夜。男人靠在床头玩手机等我，半夜里迷迷糊糊在给我盖被子，我就装睡，心安理得接受他的照顾。

明天呢，我又要跟着别人跑了，跑去绍兴讲第 91 场与 92 场公益课，然后回到丽水还有一场公益课与一场亲子课。

下个月，童的第三本书也要上架了。

你说，一个小县城里的小女人，每年推出新书，不断发展学问，与异性朋友交往坦然自若。还不是在她的旁边有一个气定神闲的男人，允许他的老婆满世界跑，也不干涉他的老婆与别人喝花酒。

他怡然自得在阳台上种花草。他知道他的女人喜欢白色带香气的花，于是有了栀子、茉莉与橙花。他也知道女人喜欢芳香植物，于是种了百里香、快乐鼠尾草、薰衣草、天竺葵、蔷薇、薄荷。他知道他的女人是个花痴，除了捧出满园春色，夏天的莲花，秋天的菊花，冬天的蜡梅都种了。

如果没有很多很多的爱，根本不可能为他的女人建一座爱的花园。

亚麻婚

早上六点多醒来，看了下时间，又睡了过去。等到再次醒来，快九点了。

我给男人留言：结婚啦，喝喜酒啦！

也不管男人是否回复我，我就美美去吃了早餐。

然后回到房间，拎着昨天没吃完的榴梿，去敲 SK 的房门。

他来到我身边 14 天了，陪我走过丽水的山河，又去了绍兴，我们共同完成了大大小小 8 场讲座与课程，今天他要回去了。我也要回家了。

我们把榴梿吃光，SK 在白纸上给我画了一个示意图。然后告诉我：“如果你往平静的池塘里丢一粒小石子，会发生什么？”

我说：“会激起一层一层涟漪。”

他点点头说：“是的，你会看到一圈一圈的波纹荡漾开去，但事实上它是这样子的……”

然后他告诉我什么是视界，什么是时间轴被压缩，什么是叠加态，什么是干扰，然后他又从五识讲到八识，讲到因、缘与果。

很多年前，男人的书架上就有一本书，叫作《薛定谔的猫》。一只猫被封闭在一个小黑屋里（一个光子都没有），屋子里放着瓶毒药，而毒药的开关由原子是否释放光子控制，如果原子处于激发态，则它会释放光子打开瓶子，猫就会死；反之原子处于基态，则就不会有光子，猫就会活。猫的生与死和原子的态纠缠在了一起。那么猫此时是死是活呢？量子力学说：在这个小屋子没被打开之前，猫死的同时也在活着。

爱因斯坦还提到 EPR 态，两个粒子 A 和 B，理论上可以将它们拉开至无穷远距离，但它们之间的关联仍然存在，即可以从对 A 测量所得到的状态推出 B 此时的状态，爱因斯坦把这种关联称为“幽灵般的超距作用”。

我听得痴了过去，直到 SK 把我拉回现实：“你该去收拾行李啦！”

就像很多次，两个人同处一室，吃完茶或喝完酒，我说：“你该回去睡觉啦！”他就起身挥挥手走了。

平安回到青田，在小区的楼下，SK 给他漏气的车轮换上备胎，我给他装上两箱绍兴老酒，又塞给他一支乳香。他给我一个小纸盒，说：“给麦爸爸的。”

然后他开着车走了。

我拎着行李箱回到楼上，推开门直奔大床。沉沉睡了过去。

醒来，处理工作，打开小纸盒看到一个透明的灯泡，去荷池掐了一段水草，折了一支粉色的麦秸秆，摆在男人的咖啡桌上。

五识与八识没有直接的关联。当六识升起，在八识就形成了瀑流。每一个美好的念都在灌溉没有穷尽的未来！

2003.5.18—2015.5.18，披上嫁衣整整 12 年了，男人是用怎样的长情厚爱灌溉了我，让我尽情地绽放自己的天赋才华，让我在任何一段关系里活出那份贞静洒然，成为此刻的模样！

爱那么重，又轻似尘埃。

超过 100 分男人

童很快又要远行了，掰着手指头数一数，这一走又是半个月。

昨天我主动对男人说我想去体检。男人两眼马上放出火光，兴冲冲给我去买了个体检套餐。

今天早上六点多，男人就把我扒醒，说要去体检啦，不要吃早饭啊！然后主动说陪我去。

梅子雨下得缠缠绵绵，两口子在阳台上看第二朵向日葵花开。七点半，开车出发了。

检查单厚厚一叠，我塞给男人：“老公，你负责安排，我负责检查。”

于是男人在各个项目间穿梭排队，我乖乖跟在后面，没事就刷刷微博。

每个项目检查完，男人就问：“怎么样？还好吗？”

一查出来低血压，男人就敲我的脑袋：“你都不吃东西，你再不吃肉我打你！”

人体成分分析也出来了：虚弱型。男人又翻白眼：“太瘦了，你再长十斤肉才好！”

我不说话，只是用小猫咪一样的眼神看着他。

我们对活着的定义如此不同，我要走遍天涯，他只要他的妻儿安康就足矣！想当年一身病痛，他收留了我。十五年来最疼惜的就是我的身体。他已做到 100 分，而他又心甘情愿放我出去，成全我的梦想。

超过 100 分的男人，不太多，终还是有的。

做的不是菜，是爱

昨天的晚餐麦爸爸与小麦子都吃得很开心。也猛然有一份觉察，这样的照顾原本是一位妻子与母亲应该做的，这几年我却做得太少了。于是早上对男人说：“老公，今天晚饭我来做，你想吃什么？”

男人面目温和，柔声说：“你做什么我吃什么。”

一整天都挺忙的，没有时间去菜场，翻看了一下冰箱，去阳台上摘了一把食材，钻进厨房做出了四菜一汤。

1. 糖醋排骨：这是家乡菜，过年过节必做的菜肴。先要在锅里放点水，把炸好的排骨倒进去煮，一定要煮一小会儿，煮到排骨里外都软透了，然后调味。重点在勾芡上，不能稀也不能厚，看起来今天是比较成功的。

2. 清炒苦麻皮：这是一种像树皮一样的东西，青田特有，我到了青田好几年才敢举筷子吃它，看起来粗糙无比的东西其实又脆又嫩，一定要加大蒜籽炒哦。童去阳台摘了一把黄瓜花点缀。黄瓜花也是可以吃的。

3. 清炒松蘑：松蘑是太行山的松蘑，野生的，极嫩。有肉质的清香。蘑菇是童很爱吃的食物，松蘑的鲜美与牛肝菌同档次。

4. 家常豆腐：童版的家常豆腐不放酱油，但会放白糖，且放得比较多。豆制品一遇到白糖，仿佛大龄剩女遇见真命天子，瞬间就鲜美无比。边上用观音菜与红枣摆了个造型，

又好看又好吃。

5. 西湖莼菜汤：做莼菜汤一定要放虾仁与火腿肉，为了更好看，就撒几粒红枸杞。

当我们品尝食物的时候，我们其实品尝到的要比食物本身多得多，所谓色香味俱全，一顿好的菜肴，评定标准应该是：“好不好看，鲜不鲜美，香不香，身体需不需要。”因为，食物将会成为我们身体的一部分。我们选择怎样的食物也等于在选择成为怎样的自己。

命运是人类开花结果的最高形式，苦难是我们的养分之一，爱更加如是。

所以，童做的哪仅仅是菜啊，更是爱！

庭院深处是彼岸

当初买房的时候，男人坚持要买顶楼。如果不买顶楼，是不用办按揭的。但最后买了顶楼，签下了 20 年的贷款计划。男人说我终于可以看星星了。

房子临着江，前后都有露台，加起来大约有 60 来平方米。装修的时候在临江的大露台上砌了花坛，还修了水池。

爸爸从老家扛来几株树：一株银桂，一株四季桂，一棵金橘树，一株单瓣的红茶花，两株天竺树。又从二姑姑家挖来了荷花种在水池里。

童刚到青田的时候，买了一株六月雪，一株茉莉，记得才三块钱一株，一直养在老房子的窗台上，搬了新家，它们也随之迁了过来。

这是阳台上最早一批种下的植物。

后来回老家，外婆送我一株秋海棠与一盆君子兰。爸爸在街边捡了几根月季的枝条，扦插成活了，养了几年越养越茂盛。有一年婆婆回国，从奥地利带回很多花种子，从此以后阳台上多了很多花。

再后来栽了地槿，水池里种了水草。我从乡下捡来的小水缸里种上了睡莲。栀子花有四盆了，铁线莲也有一株。吊兰啊、紫槿草啊爬得到处都是。去年男人开始喜欢养花，尝试着种牵牛花、波斯菊、向日葵、鸡冠花，还有很多肉肉植物。因为童喜欢芳香植物，所以又有了蔷薇、薰衣草、快乐鼠尾草、

薄荷、天竺葵。百里香与万寿菊没有发芽，迷迭香也没有种成功。

柠檬是今年种下的，结下的果实比大拇指还大了。格桑花、绣球花从暮春开到初夏。去年冬天伟丽送我一棵蜡梅花，男人买了个炭化木盆，养得枝繁叶茂。红枫有三棵，长势喜人。

还有很多童叫不出名字的植物，加上老爸每年要种一些菜，丝瓜与黄瓜在夏天攀爬出一片绿色的穹顶。空心菜永远都吃不完，到了秋天还会开出白色的小花。

清晨与黄昏，常常与男人坐在阳台上喝茶，三年前，男人修了一个小楼梯通到屋顶，夏天的夜晚就爬到屋顶上，喝着冰啤酒看月亮与星星，看整座城市的灯火。某些周末，男人会邀请他的同事到屋顶上烧烤。还会与小麦在屋顶放风筝。

我想，男人默默守护着他的家园，一个喜欢流浪的妻，一个聪慧倔强的孩子都不是他能掌控的。他只是种植他的盛景美况。当他在屋顶上仰望星空，思索这宇宙之浩渺，眺望眼前瓯江缓缓流淌向着大海的方向。他观察这四季中花朵凋谢入泥，果实熟透坠地。这露台上植物自有天地，有盛衰和始终。但彼此没有欠缺也没有畏惧，只是负责自己的吐纳生息。

你对万物无所贪爱，但倾注深情，万物自然回馈你一片生机。

心灵的花园莫不如是。

居家的日子

早餐是小麦做的，烤土司。

中餐娘俩吃水果。释迦果配凤梨。

晚餐小麦学习做鱼丸汤。一做就成功。他很兴奋。

他还是今晚的服务生，将我做好的菜一个一个端到阳台上去。

我订了一个芒果小蛋糕。谁说生日才能吃蛋糕呢！

月亮升到半空，一抬头，两个男人在屋顶聊天。

夜幕降临的时候，男人指挥小麦把折叠床拖到了阳台上。父子俩开始聊星座。聊着聊着男人就进屋去搬他的望远镜。

一家人凑在一起看星星，看完了土星看月亮。

音乐响起来了。

锅里煮了很久的五香豆腐干也上桌了。

去洗了红心的李子，将瓜子倒出一盘。

洗洗茶盏，沏一壶扣冰。

早上男人还预约我看一场电影。

还欠小麦一盘中国象棋。

把美梦付诸生活。
我无法掌控我的家人，但如何去看待他们，
却永远在我的掌控之下。

爱他们。
这个爱是从我这里给出去的。
因为给出，所以永远无法失去。
它只意味着你拥有。
甚至你就是。

我的工作缺一个领导

麦妈：“老公，26 号深圳有一个中秋节的活动，可以带家属参加，一起去不？”

麦爸：“你都知道我是这么边缘化的一个人了，不去。”

麦妈：“你是怎么把自己边缘化的？”

麦爸：“你不是我，你不能体会我的心情，每天对着一大堆毛病，身体这个坏了，那个也坏。”

麦妈：“是的，我永远不能体会你的心情，你的父母不会，你的儿子也不会。所以你可以做点什么让自己活得更好？”

麦爸：“还能做什么？我有什么？”

麦妈：“你有一个可爱的儿子，你还有一个神一样的老婆，你一身病痛还能正常的呼吸走路，这些都是你拥有的啊。”

麦爸：……（沉默，超过 5 秒）

麦妈：“老公，我的工作少一个领导，你来当我的领导好不好？”

麦爸：“拉倒。”

麦妈：“真心需要人帮忙哦。”

麦爸：“起床吧，打印机帮你装好了，我教你怎么打快递单。”

麦妈：“老公，你真好！”

身为主妇的日常

最近越来越忙，忙着讲我的微课，忙着发我的新书，忙着满世界发送我的纯露。忽然惊觉鲜有家庭主妇的日常了！

但我还是很满意我的生活状态。尤其是收到很多小朋友的反馈，自从看了《亲子蜜语》，一大拨小朋友决定改名叫“小麦”了。还拿着最后一篇文章的框架，缠着他们的父母也对他们做访谈。

所以书还是要写的，课还是要讲的，纯露还是要无底线去分享的。怎么可以没有梦想呢？万一实现了呢？

但今天我做了一件很厉害的事。

在身为家庭主妇一事上，领到一枚勋章。

是这样子的。

这几天呢，我的表姐在我家。过来帮我发书，顺便把我的三餐也包了。比如说早上都做面条吃，真是有本事让每天面条的表现都上新高度！男人吧嗒吧嗒咂着嘴巴，说：“终于不用吃黑暗料理了。”

（我老爸，黑暗料理的主厨，能够把秋葵与茭白同炒再加上几朵蘑菇端上桌的传奇人物。保佑他不会来加我好友）

但今天太忙了。发了一百多个包裹，签了几百个名字。天都黑了，我还趴在车库门前签名字。老爸说：“我先上去做饭！”

等夜幕全部拉下，回到灯光暖暖的家，饭菜已经端上桌了。

果然是一桌子黑暗料理，我偷偷把老爸盛好的米饭倒回一半到锅里。然后我头一低瞥见冰箱旁有一个白色的小桶，里面居然有几条鳝鱼！

等我们在吃饭的时候，老爸闷声不响站在水槽旁。我伸长脖子一看，尖叫起来："老爸，别杀！快养到水池去！"

老爸嗡嗡说："大的杀了，小的去养！"

我抬起头用东方不败的眼神死死盯着老爸的背影，一字一顿地说："马上养到水池去，全部！"

（对不起了老爸，实在无法正视你弄出来的一摊血迹，只好当一回你的司令官了）

就这样，我救回了几条生灵。

让我明白家庭主妇的精神还在的。好主妇，有所吃有所不吃嘛！

晚上讲完微课。坐在阳台上闻桂花香。男人在两个书房间穿梭。似乎他的甲醛检测仪研究进入最关键的时刻。我以隔 15 分钟的频率发出小猫一般的叫声让他感知到我的存在。

水池里那条红色的小鱼有新伙伴了。它也会像我一样，绕着鳝鱼游来游去不肯睡觉吗？

我心向阳

国庆节。宅在家里。

洗洗衣服，阳台上看花，书桌前备微课，与小麦一起窝在沙发里聊天。

轻饮食，只吃“能量汤”，里面都有什么呢?

枸杞、核桃、梨、玉米、新鲜的铁皮石斛、太子参、葡萄、石榴。

混合之后加少许水，加崖柏纯露打成汁。慢慢喝。

晚上的时候出门，有人订书，有人订纯露，逐一送去。

大福的左后轮胎戳破了，整个报废，兴高采烈去换轮胎。

男人说：“新车一年不到就换轮胎，还把你高兴成这样？”

“是啊，当然要高兴了，如果行驶在高速上轮胎炸了，说不定你就要换老婆了，多麻烦！”

我只会关注我所拥有的，失去也是为了更好地拥有啊！

八年前开小福的时候，也去补过轮胎，还把补胎的经历写进了第一本书里。

诸位看官可以去翻那篇《阳光灿烂大风扬》，补轮胎的大叔还是那位大叔，今天我把三本书都送给他，告诉他他在我的书里。

他的脸上盛开了一座花园。在某一个刹那，我们的心灵有些微妙着共鸣。

人与人的交流，问候，交易都是很浅的层次。

促膝谈心，秉烛同游就是深度的连接。

还有更高层意识的交流，那是两个内在清明的人有一些互动。

这些互动就像清泉自然的流淌过崖壁。

这其实不是很难的境界，

把你的无私显化出来就可以。

回到家里，坐在书桌前写字。

稿债如山，慢慢翻越。

男人一整天在做一个船模。

荷兰皇家游艇。

他的征途是星辰与大海。

忽然他出现在门口，

扶着门框，眼睛眨巴眨巴，说要给我做牛排。

人家今天不吃主食好不好！

但调养诚可贵，男人价更高。

甜滋滋的跟去厨房。

穿睡衣的男人挥舞锅铲很帅的。
遂跑到阳台摘几片薄荷叶，又掐了一朵小花。
等小麦下来的时候告诉他：
这是麦霸牛排馆的新品，叫作小花牛排。
三个脑袋凑在一起，小麦负责切，一起负责吃。
男人洗盘子。
然后说再看一场电影吧！

婚姻关系或许会带来最深刻的痛苦与恐惧，
但也能唤起我们内心真正的需求和归宿感。

十月的第一天，秋雨淅沥。
去小区的围墙边看爬山虎。
发现一株野生的紫苏。
还有一株芥菜怡然自得长在围墙上。
它们都在告诉我：我心向阳，茁壮生长。

美丽人间

今天做了超多的事情，醒来最重要的一件事是向男人撒娇。起床后很重要的一件事情是给自己打一大杯能量汤，然后坐在电脑前写作，写作，写作，每天保底 3000 字，这是必须的。

昨天讲了《开启心灵五官》，今天粉丝群里就被学员们的学习分享刷屏，一边读一边抹眼泪，用去了好多纸巾。

中午男人打电话来说身体不舒服，我马上说："我来接你回家！"男人说不用了不用了。我马上说："我在家里等你回来。"不一会儿男人回来了，求陪睡午觉，万事诚可贵，陪睡价更高，于是一切放下，陪男人睡午觉睡到三点钟。

男人又活蹦乱跳去上班了，开始发挥 CEO 本色，知择的私藏酒也出来了，知道不？超级好喝的冰葡萄酒。某一天，估计也会出款私藏茶，天晓得会不会找个心仪的设计师去定制一批美袍，水瓶座的 CEO 啥好事都干得出来。

傍晚的时候开车进城，把男人与小麦都接回家，顺便去银行，把昨晚微课收入 4140 元捐了。晚上又讲了一节微课，与小麦一起吃东西，不时跑到男人的书房去调戏他，等小麦睡觉了，两口子窝在沙发里看完一部电影。

香薰机里加的是崖柏纯露与蜜橘精油，喝了一盏扣冰。每一个片刻都不一样，所以充分的感受它。

念念不住，所以不逐。

人间有味，秋光明媚。

此刻倦极，恰好入眠。

晚安呀，我的美丽人间。

完整的世界

午后，一家人从与非咖啡馆起身，在路边的水果店买了一个蜜柚与一根甘蔗，驱车去乡下。开到汤烊乡境内，随意拐进一条村道，将车停在一棵巨大的三角枫下，信步走进山野。

山边田地，金色稻谷，白鹭振翅，沸腾溪流。人们在这里建立起家园，人世的情感与生存，在一片土地上获得凭靠。但现在，年轻人涌去热闹的城市，村子余留老人与孩童，人世变迁，只余空芜。

沿着一条宽阔的溪流走到一片杂林深处，植物芳香浓烈的气息钻入口鼻，草茎沙沙擦过脚踝，山峦切割出巨大的光影。举起手机，将人与环境相互依存的片刻定格。

钻出杂林，竟是回到了公路。身心豁然开朗。我对小麦说：“麦，你走原路，我与爸走公路，看看谁先到车子旁边。”

孩子雀跃着钻回树林不见了，两口子沿着公路慢慢走，无意中低头，停下来对男人说：“老公，鞋带松了。”男人蹲下来，替我系好鞋带。继续走，侧目看到孩子奔跑的身影，像一个橙色的橘子飞快穿行过田野。

小麦先我们抵达车旁，一家人在树下的石凳上小憩。阳光穿透树叶，簌簌掉落下来。

在一棵古老的大树下，一家三口搭建起来的世界，是充沛的、安然的、静默的、完整的。

头发已长到可扎起一个小小的发髻，摘下一朵紫红的雏菊戴上。

照亮彼此

早上起来，男人说眼睛痛。我说那我陪你去医院。

医院有李医生，他是男人健康的守护神。

先去眼科，排除了眼睛本身的问题。

男人的甲状腺有结节，脑袋还有个肿瘤。

李医生说脑袋那个排除，生长的位置不会压迫视神经。

那就查甲状腺吧，下午 B 超结果出来了，果然。

男人请了假，我把原本要做的事情都放下。

两口子开着车行驶在公路上，聊聊生与死。

一起散步，他摘了眼镜说这样眼睛会舒服些，我牵着他的手说："我做你的眼睛。"

与他分享我的事业，我的学问。

男人默默地听，不时说上两句。

当我不尝试去控制他，也不费力去思考，

我亲历这姻缘里的心心相印。

中午的时候，一起去校门口捡一个活泼的小麦。

傍晚的时候继续去捡。

一起去喝咖啡，吃一块提拉米苏与香蕉牛奶蛋糕。

一起去商店，给河北的干女儿买衣服与磨牙饼干。

一起在车库干活，有人订书，有人订香，细细打包。

一家三口在小麦学校附近的餐厅吃午饭。

一家三口在家里吃晚饭。

饭后让男人躺在床上给他做脸部与眼部的按摩。

调的按摩油配方里有崖柏、有玫瑰、有白兰花。

男人在我的手掌下发出轻微的鼾声。

这一刻，顿觉天地完整。

小麦给我看他写的作文，写的又是他爸爸。

当年我不想让这个孩子失去父亲，我做到了。

现在大道归心，我更可以做到。

晚上有条不紊处理完一堆事务，

我是他的妻，是小麦的母亲，我还是别人的导师，我更是我自己。

他醒来上楼，俯身揽住我的肩膀，叫我“宝贝”。

用十五年的时间变成彼此心里的明珠，

生与死，都照亮彼此。

红尘是道场

1

早上小麦去学校，男人去医院，童留在家里清扫。

隔一会儿，就打电话给男人追踪检查情况。临近中午的时候，接到他的电话说脑部 CT 结果出来了，脑袋里那个肿瘤距离半年前的检查没有变大的迹象。

“好啊好啊，那我来接你回家！”

男人说：“不要来接我，你去接小麦还差不多，他快放学了。”

我说：“不，儿子以后有他老婆照顾，我老公归我照顾的，不管儿子，我管老公。”

男人说：“好吧，那我在医院门口等你！”

开车去接老公，再把车停在小区门口等儿子。

等了没多久，果然等到一个小男孩。我从车窗里探出脑袋，大声叫着：“小麦，小麦！”

孩子一愣，回头看到他的双亲，咧着嘴笑嘻嘻爬上车子。

2

下午在车库打包发桂花纯露。小区清扫的保洁员是个很老很老的老头。问我可不可以打开水龙头让他喝口水。

怎么可以喝自来水呢！于是我坚决摇摇头说：“我找不到水龙头的开关了。”

然后说："你等一下。"

在货架上拿了一瓶 1L 装的农夫山泉递给他喝。

总裁大人刚寄到的太行山的野梨也拿起一个塞给他，说："我没洗刚吃过一个，你也吃一个。"

老人家连连摆手不肯要，说："我没有钱给你啊！"

我说："是送给你的，你喝吧！"

老人家千恩万谢，接过水与梨，咕咕哝哝说了一通话走了。

我埋头继续干活。

3

今天家政公司来做清扫，晚上到了下棋时光，小麦一进他的榻榻米房间，就哭起来了。

原来清洁员把他的乐高作品全打乱了。

男儿有泪不轻弹，只是未到伤心处。这得有多伤心啊！

我爬到小麦面前，伸出手，将手势带到他的右上方，学过 NLP 的朋友会明白这里用到了眼球移动技巧。

我说："麦，这得有多糟糕，是不是像被敌军扔了一颗原子弹？"

小麦抹着眼泪："呜呜呜，我的机场全毁了。"

我说："这三个清洁奶奶看起来像哪国的敌军啊？是日本军吗？"

小麦摇摇头："不是，像德军。因为我是美军。日军与美军只在珍珠港交战过。我的布阵可不是珍珠港。二战的时候，

美军是盟军，我布的是二战的兵营。”

我说：“是不是全军覆没了？”

小麦冷静地察看了全场：“嗯，我只剩下一个舰长还活着，士兵全部阵亡了。”

我用很悲愤的语调对小麦说：“麦，下次德军再来，怎么办？你可以布什么阵打他个措手不及？”

小麦眼珠子骨碌碌转动起来：“挖陷阱肯定行不通，那还能做什么呢？哎，有了，我看一下门背后可以设什么机关！”

然后欢快地跳起来直奔大门而去。

我也直起身子，对小麦说：“好，请小麦将军好好设计反作战计划。妈妈去讲微课了。妈妈等着你做出完美的方案，妈妈相信你在下一场与德军的战役中会大获全胜！”

4

微课讲到半途，听到轻轻的敲门声。

我讲完一段，停下来。温柔地说：“麦，进来吧！”

门开了，进来一个麦爸！

男人轻轻坐到沙发上，静静陪伴在身旁，听我讲完余下的课程。

讲完了，坐到他身边去捏他的脸。

他歪过脑袋蹭一下我的手。

暖暖的体温。

爱无言

我说我感冒了。男人就给我端来了热咖啡，咖啡是他的最爱，所以能喝到他亲手制作的咖啡，就是在经验他传递的关怀。男人今天给咖啡拉花了，拉了一个笨笨的苹果，另一个花形是一杯冒着热气的咖啡。他端过来说：“你快拍照片！”他曾经是那么讨厌我拍照片的人哦，现在鼓励我拍照片！

有点不对劲了，他不仅仅给他的小姨子送了藏红花，送了新鼠标，送了保温杯，也允许他的小姨子笑眯眯趴在他的肩头。他出了两批甲醛检测仪，现在捣鼓着做第三批，他还准备出一款测 PM2.5 的机器。

清晨的时候，我们一起坐在阳台上喝茶。茶具是他买给我的，带着古朴的禅意，还可以收纳在一个小小的盒子里，他细心教我怎么收纳。他不是在鼓励我更有品质的流浪嘛！

茶热乎乎地冒着热气，一只小鸟在桂花树上跳跃，远方晨曦中有一条宽阔的瓯江和一座渐渐醒来的城。无数重繁复的声音营造出一种神圣的宁静。静谧中有萌动，就像他安静的眼神下暗藏的光亮一样，就像在纷繁的人世间突然安住到内心的净土一样。忽然间，有一种巨大的辽阔与深邃的意境把我们笼在其中，这真是一种无法用语言来表达的体验。

我只是端起茶盏，示意他对饮，然后我们不声不响地喝了茶，与这天地融为一体。

美好心灵

参加完读书会，在花园降路口的小摊上买菜。

男人喜欢喝贝壳汤，但找了一圈都找不到贝壳，我就想到他也喜欢吃白蘑菇。

看到一个妇人守着一个平板车，上面整整齐齐摆着些许蔬菜，我看到了白胖胖的小蘑菇。

走过去指着蘑菇说：“这个给我买一点。”

那妇人抬起头来，伸出手，我也跟着伸出手，一把瓜子就落到我手心了。

呀！

那妇人说让我吃瓜子，又说再给我抓一把。

买了这么多年菜，没享受过这个待遇，连忙摆摆手说：“够了够了！”

那妇人很腼腆朝我笑笑说：“空下来没事就嗑瓜子，天气太冷了。”

我缩了缩脖子。没错，今天真的超级冷，我感觉我的鼻尖上挂着冰块。

我买了点蘑菇，四块二，妇人说算四块。

吃了人家瓜子也不好意思，又买了几个蒜籽与几块生姜。

生姜是妇人从个篮子底下扒拉出来的，说是自己种的姜。

果然品相不一样，透露出高贵的草根气息，还浑身沾着黑泥巴。

于是我顺便又买了一把葱，虽然自家阳台上也种着一丛葱。

算钱的时候要找我一块五，我拿了根小小的胡萝卜，说不用找了。

结果妇人又给我塞了一根胡萝卜，还有两个青辣椒。

我觉得我必须要走了，如果再停留两分钟，我们会认亲戚了。

现在灯下忽然忆起这个买菜的片断。

她那张饱经风霜的脸，展露给我那个腼腆的笑像一片云，投影出一个平凡妇人的美好心灵。

爱的承诺

在家里也没与男人说上几句话。我起床的时候，他已经去上班了。他下班回家，吃晚饭的时候我常常还在车库打包。晚上他进书房，我在另一个书房准备讲微课。等我结束微课，他已经带着小麦先睡觉了。

当我半夜里回床上去睡觉，被窝暖洋洋的。在没有暖气的江南的冬天，我就像一团冰块钻进被窝，他迷迷糊糊把手与脚都伸过来，像八爪鱼一样将我缠绕住。

今天早上醒来，听到他似乎在自言自语：这几天又睡得那么迟？

然后将我睡得横七竖八的身子挪到大床中间，轻轻地起身，将我脖子两边的被角塞严实，身侧的被子也压一压，瞬间感觉自己掉进一个洁白温暖的洞穴，很快又睡过去了。

这就是回家后早上起得都不早的原因。

窗台上摆着一些花苗。阳台上种下了不少郁金香的球茎。我喜欢花，他就给我种一座花园。我喜欢远行，他就带着孩子守护着我们的家园。

16 年前，我流落他乡，一身病痛。他对我说：你来青田吧，我照顾你。

爱有很多种形式，但在它的内在，包含着一个很深的承诺。

卡布与拿铁

周五遂昌讲完课回到家，男人与小麦刚到床上。

我很累，洗漱的力气都没有了。直接就钻进了被窝。

男人背对着我，挨着他像靠着一座坚实的大山，我把手伸出去揽住他的身体，像一棵藤蔓，很快就睡着了。

第二天早上醒来，男人抿着嘴划拉他的手机。我的脑袋躲在他的臂弯里。心里盘算着：起床后先做什么呢？做课件的PPT？参加读书会？准备一个新的课件？写产品的文案？能做的事情可真多呀！

啊，还是找个话题问问男人吧，于是我说："老公，卡布与拿铁的区别是什么？"

男人闷声闷气回应："不知道不知道。"

然后他又拨拉他的手机屏幕。

过了一会儿，忽然又开口了："今天去丽水吃午饭不？然后吃了晚饭再回来。我们一起坐高铁去！"

我说："好啊好啊。"

男人说："那我订票了。"

然后又加一句："你穿得正常点。"

我跳下床，去衣柜里找压箱底的美衣。挑了件白毛衣配了藕粉色的中裙。佩上珍珠耳钉，那只韩版小熊重出江湖啦！

男人看起来开心极了。笑眯眯的穿戴起身。

一家人沿着江边走路去车站。父子俩远远走在前面，我背着书包，耳朵里听着师父对《金刚经》的开示，江上水鸟掠过。

到了车站，小麦去取票。过安检的时候却被拦下了，原来男人订错了车票。

我装出悲伤的样子，抱着男人的胳膊呜呜，男人挠挠头：“你同意去丽水，我太激动了。时间都没看。”

我说：“没事，快去改签，反正去丽水也是闲逛，我们在车站也可以闲逛。”

男人一溜烟跑了。我朝小麦眨眨眼睛：“麦，刚才我撒娇指数有几分呀？”

小麦咧着嘴朝我笑。

车票改签到半小时之后。一家人候车。我与小麦玩故事接龙，接到精彩处，娘俩哈哈大笑。男人不时提醒我们注意形象，娘俩更没形象了，捂着肚子就差滚到地板上笑。

第一次坐高铁到丽水，小麦与我们在不同的车厢。

到了丽水，坐公交车去万地广场。

我对男人说：“中午吃寿司好不好？”

男人没好气地说：“寿司有什么好吃的，冷冰冰的，不吃不吃。”

小麦先去买了一本书，是一本讲一战的书，关于二战的那本书他已经看完了。于是我又与他编故事，我是这么说的：“麦，妈妈对于战争实在不擅长，但妈妈决定超越一下，与你一起接关于战争题材的故事接龙，那你能教教妈妈如何讲吗？

小麦眼睛眨眨说：“妈，你不是擅长佛法吗？那就从上帝与佛祖的战争讲起吧！我比较喜欢基督教，我讲上帝的部分，你就代表佛祖吧！”

到了吃午饭的时间，男人没对我说话，对小麦说：“小麦，你妈喜欢吃寿司，那我们就去吃寿司好了。”

我对男人嫣然一笑：“老公，我们去吃小炒吧，高井时光不错，我去吃过的！”

于是一家人吃小炒，男人从来不吃酱油鸭，朝他抛了两个媚眼，他吃了，一边吃一边说：“嗯，其实味道还不错的嘛，我一直认为它不好吃所以就从来不吃。”

我回应说：“所以要多创造机会让自己去尝试呀。”

讲完了，又给他夹一块！

午后，把小麦丢到了电影院。两口子去逛商场。给男人买了件浅灰色的羊绒衫，一穿到身上，我说好看。他就不肯脱下来了，像个兴奋的孩子，把旧毛衣塞到我的书包里。

两口子又去逛家居馆，挑了两个骨瓷的咖啡杯。又看中了一套小桌椅。我说：“买吧，我们放在阳台上喝咖啡。”

男人搓搓手，最后接受了我的建议，跑到收银台刷卡去了。

我们去星巴克喝咖啡。男人跑去排队，我仰起脸说我要

吃小蛋糕。

男人跑了两趟，一趟送来一个小蛋糕，再一趟是两杯咖啡。然后让我摊开手，一颗糖掉到我手心。

我说："哪来的糖？"

男人笑眯眯地说："买的，十几块钱呢，给你吃。"

然后男人让我尝两杯咖啡，问我哪一杯甜？哪一杯奶味重。

他柔声告诉我："卡布是牛奶味的咖啡，拿铁是咖啡味的牛奶。"

小麦兴高采烈跑到星巴克来找他爹娘。我们一起去吃了晚饭，再坐上出租车去高铁站。

回到家八点多了。

男人说："嗯，我怎么感觉闷了好多天的胸口好多了呢！"

我想："让你胸闷了好多天，真是对不起呀！"

情话

1

女人走路走得脚疼，男人就把女人推进一个商场，叮嘱她：去买一双舒服的鞋子。

然后带着孩子在一楼等。

等女人买到一双粉色的便鞋回到父子身边，孩子正津津有味吃着一杯冰淇淋。

一家人继续走路。

男人感慨说：你有新鞋子，小麦有冰淇淋，我什么都没有。

女人挨着男人说：你有一个妻子还有一个儿子呀。你有两个呢，我们才一个。

2

天黑了，穿戴整齐去外面吃晚饭。

男人问：你为什么不带手机？

女人答：我带了手机就是手机的奴隶，我带了你就是你的奴隶嘛。走吧，我想吃杨枝甘露。

3

旅馆的大床舒服极了，女人赖在床上不想起来。

男人发牢骚了：你躺在床上除了睡觉还能干吗？

女人甜甜地回答：我还能和你一起生孩子呀！

抱大腿沟通法

这个沟通法是童压箱底的活法。

非到紧急关头是舍不得拿出来用的。针对性也很强，可不能对着谁都用，因为威力太大了。

但对于男人嘛，这一招是很好使的。

比如换了新电脑，苹果机太卓越，脑子匹配不上啊，一见男人，就马上抱大腿。

抱得有点紧，抱得时间有点长，抱得动静有点大。等到小麦放学，看到他娘抱着他爹的大腿还咿咿呀呀说着什么，他的小心脏受不了，“嗷”的一声就倒在地板上了。

于是他娘就转过去抱他的大腿：麦，今天学校里发生了什么有趣的事情，你快点跟妈分享一下吧！

孩子就咚咚咚捶他娘的背，后来熊孩子说：妈，这是我新发明的捶背沟通法。

但沟通效果很快就出来了。比如苹果机简单的使用方法学会啦，居然连切换出五笔这么难的事情也学会了呢！

早上还喝到了男人的手冲咖啡。

所以说：沟通方法用什么不重要，重要的是沟通的效果是否达到。

礼物

小麦上一年级去报到那天，男人帮我挑了个超级笔记本，挺好用的，就是太大，出差的时候背着走，很沉。

我跟男人嘀咕过，说真重啊！

正月一起在杭州的时候，他拉着我去商场，给我看苹果电脑，11 寸的，要给我买。我想了想，一买，他的年终奖就消失了。再说也不是很有必要，就说不要。

男人说你生日快到了呀，那给你买条项链。

我说不要。平时又不会戴。

男人拉我去两个商场看，我都说不要。

等我从河北回到家，发现床头柜理得清清爽爽，床头柜上放着一台 11 寸的苹果笔记本。

晚上我在书桌前伏案工作。他打了一杯焦糖玛奇朵给我。

怎么办呢？十几年的老夫妻了，舍不得讲一句情话，却舍得为你用光年终奖。

他的道路

回到家，发现阳台上新开了不少花。尤其是菊科植物。

男人下班了，与小麦抱着两个大包裹回家。

一个是我订的鸢尾花束，一个是他买的一大箱花器与花种子。

我很忙，太多事情要处理。

坐在书桌前回复学员提问时，他推门进来，轻轻抱住我的肩膀：老婆，很多花都开了。

然后他指指窗外。

我的书房窗台外排着两个花架，他最心爱的花都在我的视野内。

我嗯嗯哦哦应着，没空跟他闲聊。

晚上我出去开会了，为了今天晚上的千人场，为了青田上千个家长的学习。

等我回到家的时候，直奔书房继续工作。

夜深了，去到卧室，他已经睡了。

早上醒来，他捧着我的脸颊，对我说：老婆，你好厉害！

我的心突突跳得很快，这个1号男人居然会夸赞了！

我翻身去找手机。他制止我说：你要睡觉，睡到九点钟才可以起床。

我听话，翻身又睡了。

等醒来，九点半了。

没洗脸就先去书房干活。妹妹对我说：大哥的仪器做好了呢！

我去他的书房，看到椅子上整整齐齐堆放着12个机器。

忽然有点泪湿眼眶：这个男人，当他妻子在外面流浪的时候，他就细心制作机器，一点一点设计程序、一点一点焊接拼装，连外包装都是手工粘作，就这么一点一点打发着漫长的时光。用一份静默自若支撑着这个家，支持这个满世界跑的妻子去实现她的使命与梦想。

长路且行且远，心里有着单纯而有力的意愿。

因为他，我的眼神中有暖意、笑容里有童真。

他似一颗星辰。

他的作品是他内心的表达。

是他的道路。

老天给我一个好伴侣

今天小麦报名。

昨晚男人说要我送去学校，我满口答应。

把小麦送到学校，缴了80大洋，又买了个书袋让他装新书，然后我到会心等他。

小麦扛着一大袋书回来了，说下午两点还要去学校大扫除。

打电话给男人：“老公，小麦与我在会心，下午一点我要讲微课，小麦两点还要去学校。中午小麦到你那里好不好？还要包书皮什么的，你协助一下。”

男人说：“好！”

甘愿付出也及时示弱。

在亲密关系里，女人常常会陷入两个极端，要么非常独立，没男人我照样行。要么非常依赖，没男人我没法活。

前者切断了与伴侣的连接，后者让对方为自己的脆弱负责。

这都无法让你幸福。

最好的做法是：我为自己的成长负责，同时我需要你。我需要你不是为了让你承接我的软弱，而是彰显出你有价值。

而如何区别，如何去探索到关系的边界就需要智慧。老天给我一个好伴侣，我一边学习一边践行。

爱到深处变成猪

1

男人说：以后在你的文章里叫我红猪好不好？不要叫男人。

我说：你就是我男人啊，叫男人不挺好！

男人说：天下男人那么多，你还是叫我红猪吧！

我心里想：原来不是“爱到深处人孤独”，而是“爱到深处变成猪”啊！

2

我对红猪说：杭州朋友约我们吃饭呢！去不去？

红猪没说话。

我说：我知道你不喜欢应酬，那我们不去了，晚上我们去喝梅子酒吧！

红猪说：那也要看场合，看心情。

我说：不去了，我们难得在一起度假。

红猪说：去就去吧，聊聊天也不错。

3

吃饭的时候，每一道菜上来我都先夹给红猪。

他说：我自己夹就好。

我说：不，我难得为你服务。

后来，一块鱼肉轻轻落到碗里。红猪温柔地对我说：快吃点鱼肉。

4

酒店的房间小小的。我铺了茶席点了香。

红猪去洗了桃子和西梅。

我们坐在一起喝茶聊天看书。

我的脚跷起来搁在他的大腿上。他摸摸我的脑袋说：该睡觉了，你要多睡觉。

5

以上这些都是恩爱的事。

上品夫人

1.（上品夫人）

洗了澡，光溜溜站在浴室里吹头发。

男人出现了，拿过吹风机，我顺从地低下脑袋，他的大手摩挲我的头发，还拿梳子轻轻梳理。正陶醉在这番柔情里，头发吹干了，男人把吹风机放回原位，顺手捏捏我的屁股，说：呀，皮肤都松弛下垂了。

我不服气，叫了起来：哼，你见过的女人太少了，在 38 岁的女人堆里，你老婆是上品，是上品！

2.（保卫 SK）

与 SK 通了电话，决定五月见上一面，商量一下暑期 NLP 课件。我把目光投向远方，一副神往的样子，然后歪着脑袋对男人说：老公，你与我一起去深圳不？保卫老婆很重要啊！

男人很轻蔑地看我一眼：哼，我才不管你，我飞去保卫 SK 还差不多！

3.（两情相悦时）

牵着手过马路。寒冷的时候把对方的手揣进衣兜里。半夜醒转掖好被角。一个人做饭，一起吃完，另一个人去洗碗。一起坐在沙发上看书，很久都不说话，只有书页翻动的声音，看累了，脑袋枕到他的大腿上。

猪与熊

微信互动。

红猪：开始进入睡眠程序。

童熊：这么早？我吃饭回来了，在房间干活。

红猪：干什么活？

童熊：新书的设计出来了，要写文案。制皂师开发出了崖柏纯露液体洗发皂，看看要怎么弄。还要整理 NLP 课件，今天接到省妇女儿童基金会的邮件，要参与一个留守儿童项目。哦，好多事情。

红猪：我们家就有一个 9 岁的留守儿童和一个 44 岁的留守老儿童。

居家闲谈。

红猪：昨天晚上是谁来了？

童熊：兰溪过来的一个志愿者。

红猪：那前天那个呢？

童熊：前天是杭州的。

童熊：朋友说我们家很有生活气息呢！

红猪：可是很缺雌性气息啊。

童熊：所以我就带不同的女人回家嘛！

送你一朵云

男人推门而入。

发现一个哭鼻子的老婆。

怎么啦?

呜呜呜，电脑欺负我!

男人叹一口气。

我送你一朵云吧!

啊? 什么云?

你写的东西同步保存到云上，就不会丢了。你找不到，我还可以帮你找回来!

哇咔咔，老公真好! 我要一朵大云!

今天你的快递单呢? 我帮你打出来!

好，清单在那里，你打印，我写情书。

舒舒服服躺在沙发上给男人发红包。都说情书珍贵，所以我都是直接用钱写的。

唤醒孩子的灵性

当我沉浸到自己生命的海洋，我会看见那些已注入其中、滋养与支持我的所有河流。麦子，妈妈也是注入你生命海洋的一条河流，那条磅礴奔腾的就是我。妈妈唯一能做的，是在你心灵的土壤撒下智慧的种子。如果这是“意藏”，那就是妈妈能给予你的最深的爱了！

什么？拉升孩子能量原来这样也可以的！

傍晚的时候发完包裹走回楼上，有一个四楼的少年拍着篮球跟在我后面。走到五楼，我听到家里有小麦的声响，我就大声叫：

“小麦，我看到未来的你啦！”

走进家门，我再次强调：“麦，我看到未来的你了，就住在四楼哦！”

小麦好奇：“哦？”

我说：“刚才妈妈上楼的时候，有一个打篮球的少年跟在我后面，哇，肌肉一块一块的，手臂上全都是汗珠，妈妈仿佛看到了长大后的你！”

小麦打岔说：“牛肉干真好吃！”

我顺应他：“嗯，明天儿童节，那妈妈再给你买一罐，就当是节日礼物吧！”

小麦说：“老师布置了好多作业，越是节日布置得越多！”

我说：“呀，成长是最好的礼物，老师给了你们最好的礼物哦，写作业可是帮助成长的！”

小麦不说话了，低头默默写作业。

我心里想：“哼，小子，你娘可是亲子导师，随便你说什么做什么，俺都可以拉升你的能量！”

喜鹊有几只

餐桌上。

小麦：今天语文老师讲了两篇课文，一篇是讲嫦娥的，一篇是讲牛郎织女的。

麦妈：麦，那你跟妈讲讲这两个故事。

小麦就眉飞色舞讲了起来。

讲到牛郎织女的时候。麦爸开口了。

麦爸：小麦，爸给你出个题。假设银河的距离是 3 光年，地球上的喜鹊身长 15 公分。喜鹊们排成一排搭成一座鹊桥，请问共需要多少只喜鹊？

这个小麦来劲了，饭也不要吃了。像小喜鹊一样叽叽喳喳表达着如何来做这道题。

他说：爸，万一地上的喜鹊不够呢？可不可以两只喜鹊之间有间距，牛郎和织女跳着走呢？

他爹说：好，那两只喜鹊之间保持一米的距离，你再算一算需要多少只喜鹊？

小麦嘀嘀咕咕算了起来。

我已经吃好饭了，赶紧来到楼上的书房。这么一道神题目，父亲一本正经，儿子认认真真。我这个当娘的必须要记录在家族史册上，可以传承啊！

复仇日

长假第三天。

小麦懒洋洋躺在沙发上看书。

男人把小麦的房间收拾得干干净净，又在楼上晾洗衣机洗好的衣服。

我一阵风似的卷到小麦面前。

很兴奋对他说：“麦，今天是我的复仇日！”

小麦从书页里抬起头，大眼睛亮闪闪看着我。

我咬牙切齿说：“终于可以报仇了！僵尸不是吃我脑子吗？我提回来一袋僵尸的脑子，今天我要把它们都干掉！！！”

小麦咧着嘴，一骨碌从沙发上爬起来。

我挥舞着一个小榔头：“瞧，我有武器，我要敲开僵尸的脑子！我需要帮手，你快来帮我吧！”

小麦以闪电的速度坐到一堆核桃前。

娘俩一起坐在地上，对着一堆核桃开始敲僵尸的脑子。

小麦激动极了，冒出好多台词：

妈，这个武器我们可以命名叫“脑子终结者”！

妈，我们可以叫“清除僵尸大队第一破脑部队”。

好，妈是司令。你当副司令！

妈，这个罐子里装满了脑子，我们下一次可以玩小松鼠的游戏吗?

妈，你尝尝僵尸的脑子很甜哦。

嗯，多吃点。僵尸吃你妈的脑子，现在我们要狠狠吃回来！

男人下来了，在楼梯口叫：你们中午吃了没有?

娘俩异口同声：我们在吃脑子。

男人默默闪到厨房去了。

不一会儿听到了滋滋滋煎牛排的声音。

麦，你的房间是谁收拾的？我猜是爸收拾的。

嗯，他还弄丢了我的一个玩具零件。

是哦，所以房间要自己收拾才好，这样就不会弄丢了。

铁盒子装满了核桃。牛排也煎好了。

小麦拍拍屁股跑去吃牛排。

我也爬起来，对小麦说：副司令，我命令你吃完牛排把战场清扫干净！

然后我就上楼了。

等我再下楼的时候，地面如镜，扫得好干净哦。

晚餐风波

一家人来到饭桌前。

晚上有小麦爱吃的炒花菜。孩子把花菜搬到他的饭碗里，堆得高高的，看起来他准备起身去看电视。电视在放他爱看的剧情。

男人说话了："小麦，你坐下吃饭，哪有端起饭碗走的？"

小麦刚起来的身子被他爹一句话又给顶回去了。小脸慢慢红了起来。

男人说第二句话了："吃饭就吃饭，不能走来走去。"

小麦凝固了，除了眼睛越发水汪汪。

男人说第三句话："我小时候可不是这样，吃饭就老老实实捧着饭碗，吃好了才可以去玩。"

小麦放下碗筷离开了，很快的上楼，听到楼上传来关门的声音。

男人说第四句话："小麦，你不要用我的书房！"

我的心里轻轻叹息。四句话，杀伤力多大啊！

男人爱吃豆瓣酱炒青豆，一颗一颗夹起来吃。我拿起勺子舀了一勺给他，柔声说："嗯，多吃点。不要不高兴哦。我的儿子心情已经不好了，我不想我的老公心情也变不好。"

男人咬着豆子说："我才懒得管他呢！"

后来，我顾自去做自己的事情。等忙完一圈，拾步上楼

的时候，看到父子俩的脑袋凑在一起打游戏。

我进了书房写作。听到小麦下楼了，男人在对小麦说话：“小麦，给你五分钟时间把饭吃完。”

然后听到小麦欢快地在回应：“好的，爸。”

哪有什么问题呢？不管发生什么，都是超越的机会！

牛人妈妈

小麦：妈，这次语文考试我考得比 XXX 要高分。

麦妈：哦，怎么回事？

小麦：我考了 97 分，XXX 考了 92 分。

麦妈：你怎么做到的？

小麦：我作文只扣了一分。或许 XXX 扣得比较多。

麦妈：你有一个会写书的妈，写作文你有天赋的。我好奇的是为什么你要跟 XXX 去比较？

小麦：因为 XXX 是学霸。

麦妈：哦，学霸与学霸看齐是吗？ XXX 是班长吗？

小麦：我们班的班长太多了，都有几十个班长，我都记不过来了。

麦妈：那你呢？你是不是班长？

小麦：我不是。我曾经当过值周班长，我还当过小组长，我还当过小老师。那是在我人生巅峰的时候。但现在我什么官都没有，我的人生到了最低谷。

麦妈：妈妈不这么认为哦，妈妈觉得你当班干部的时候

你可以发挥你的领导力，不当班干部的时候你可以发展出与更多同学连接的能力，当不当班干部不重要，重要的是在学校里你都有机会发展能力啊。你看妈妈站在台上讲课的时候发展出演讲的能力，回到家与你说话发展出沟通的能力，并不是讲课的妈妈就比在家的妈妈要好，而是都好都好，是不一样的好嘛。

小麦：妈，你很牛啊！
麦妈：是啊，你也很牛嘛。

小麦：那你到底是牛还是人啊？
麦妈：我是牛人啊！

爸妈不在家生存指南

晚上我坐在书桌前备微课，孩子窝在沙发里玩游戏。

我扭过头去，给了个反馈：麦，妈妈留意到你玩游戏超过半小时了，现在我们娘俩玩点什么呢？

小麦抬起头看了我一眼，没反应。

道高一尺，魔高一丈！

我站起身，开了沙发边的落地灯，改变光线就改变环境，这也是间接的打破状态。然后我走到沙发旁坐下来，在小桌子上摸到一个指甲钳：嗯，剪指甲时光开启！

我自顾自掰着自己的脚指头咔嚓咔嚓剪了起来。小麦不知不觉就把平板放下了。向我伸出手：妈，我也要剪指甲。

我嫣然一笑，捉过他热乎乎的小手，对他说：小时候剪指甲不叫剪指甲，叫“捉爬爬虫”，你的爬爬虫都是妈妈捉的，你还记得不？

小麦咧着嘴笑。娘俩开始轻轻的说话。

我说：麦，我发现爸真是一个先知啊！

小麦好奇：为什么？

我说：昨天妈妈去杭州，很想让爸也一起去，可爸不去，他说要照顾你。我说小麦中午买个快餐吃，放学了到家外公就回来了，陪我去杭州没问题啊。可是昨天你放学回家外公还没回来，爸真的是先知啊！

我又说：如果爸爸妈妈都不在家，你怎么照顾自己呢？

你说说看“爸妈不在家生存指南”是怎样子的?

小麦说：第一条，做葱面条。

我说：第二条呢?

小麦说：第二条，详情请看第一条。

指甲剪好了，小麦活泼泼的跳起来在书架上抽出一本书，在灯下翻阅。我也坐回书桌前继续备课。过了一会儿，小麦滑下沙发，跑到楼下去了。

第九封信

亲爱的麦子：

今天是你的生日，9 年前你降临到我的生命里。你让我有机会在经历过巨大的疼痛后巨大的喜悦与满足。而此时此刻，我在千里之外。

昨天早上我们一起吃早餐，我说要祝你生日快乐！你说：等一下。然后你将你的电子手表拨到了 12 月 9 号，然后笑眯眯地对我说：现在你说吧！

我们一起坐出租车从家里出来，我们并排坐在后座，你的手上捧着书，在车上也如饥似渴地阅读，我侧目看着你，同时看到车窗外流动的街景。你总是向我示显着作为一个生命，全然活进智慧的样子。我问你生日的愿望是什么？你说是期末考试的时候考 100 分，然后我问了几个澄清性问题，你自信满满作出回应。如果是去年或前年，你或许会说你生日的愿望是希望爸不要打你，而今年变得不同了，你对学习的那份重视、自信与笃定，让我感受到你的成长。

三个小时之后，我将会站上讲台，与众多的父母分享“大成亲子”学问，你象征着我所热爱的一切，我的关于慈悲、关于智慧、关于将使命融入社会、关于实现幸福的理想。我心中的菩提心让我在这个重要的时刻远离你，而去支持更多的家庭。

你在茁壮成长，而我对你的爱也变得更加成熟了：没有

执着的成分，没有恐惧。只有满满的信任。因为你，慈悲之花在绽放。

亲爱的宝贝，前天晚上给你做按摩，满室花草的馨香，娘俩轻轻的说着话，岁月塑造着你的身体，我们之间的爱持续塑造我们的生命。

这一世的母子情分，维护它最好的方式就是成为真正的自己、好好的成长。此时此刻，窗外是南国淅沥的雨声，而我分明感受到你对我的爱与忠诚在这里，而且变得更深沉。你会化为一切，化为我呼吸的空气，化为我行走的路，化为我抬头瞥见的天空，化为我看到与敲打出的字行，你会用无数种方式存在于我的生命里。

当我沉浸到自己生命的海洋，我会看见那些已注入其中、滋养与支持我的所有河流。妈妈也是注入你生命海洋的一条河流，那条磅礴奔腾的就是我。

爱你的妈妈

2015 年 12 月 9 号

不必为我伸张正义

书房里，小麦窝在沙发里捧着平板玩游戏。麦妈坐在一米外的书桌前写字。

小麦：妈，这个电脑太可恶了，我正在玩，它却突然跳回主页面了！

麦妈：什么？这电脑这么任性，走开，让我来骂它五分钟！

小麦：不要了不要了，你骂它它生气了，等下我都玩不成游戏了。

麦妈：不行，必须要骂，我要为我儿子伸张正义！

小麦：不要了不要了，你不必为我伸张正义。

麦妈：那你的那口气咽下去没有？

小麦：咽下去了。

麦妈：好吧，那妈妈继续写作了。

最深的爱

父母不在家，自己下厨做饭。摆水果造型的时候，我对小麦说：“麦，妈在摆曼陀罗。”

小麦就充满好奇。第二天我让他来设计曼陀罗。并且告诉他曼陀罗就是意识结构。他立马摆出了不一样的造型，并煞有介事的向我详解它的结构。

我夸赞他说：“你真是一个与众不同的孩子。”

今天买了新鲜的草莓，曼陀罗的色彩变得更加缤纷了。我对小麦说：“麦，曼陀罗还有一个名字，你想不想知道是什么？”

孩子跳起来：“想！”

于是我告诉他曼陀罗就是坛城。然后跟他讲坛城的故事。

孩子听得津津有味。

一些很深邃的宇宙实相可以在寻常的生活中自然表达出来。

麦子，妈妈唯一能做的，是在你心灵的土壤中撒下智慧的种子。

如果这是“意藏”，那就是妈妈能给予你的最深的爱了！

灵性的对话

与小麦一起去吃了重庆渝面。吃完了一起逛街。

小麦长得好快啊，高到我肩膀了。

我很自然把手放在他的枕骨上，摸摸他的枕骨。然后说：“麦，每个人都很喜欢别人触碰这个枕骨的位置。不仅仅人类喜欢，连动物们都喜欢的。”

讲到这里，心念一转，又说：“麦，我们就从这个话题展开来，现在你负责发问，妈妈要看看你能问出多少个非常棒的问题出来！”

小麦眼睛发亮了，目光炯炯看着我：“妈，我问几个问题算卓越呢？”

我说：“十个吧，如果你问出十个很棒的问题，一个问题得一分，那就是十分卓越呀！”

小麦马上反应：“妈，那我的第一个问题来了，为什么人类喜欢摸枕骨这个位置啊？”

我叫起来：“嗯，这是个好问题！这是因为身体里面储存着很多信息，那很多经历呢就被储存在枕骨这个位置，当它被触碰到的时候，就仿佛冰块在阳光下被融化了。”

小麦歪着脑袋：“那为什么身体的触碰会有这样的效果呢？”

我向小麦竖起了大拇指：“呀，这又是个好问题！两分了！这就要从触觉这个感官说起了。触觉呢，让我们意识到自己

的边界。它是存在感的基础。当我们意识到自己与其他物品是分离的，我们才会体验到自己是有界线的，我们才有机会在这个世界里醒来。”

小麦又问了：“那如果一个人没有触觉会怎么样？”

我回答说：“这个问题有点外延了，但依然是个好问题。如果一个人没有触觉的话，他会像落入海里的一个雨滴一样，与大海完全溶合在一起，那他会丧失对自己的觉知，变成一个毫无知觉、没有灵魂的人。你想要得到知觉的唯一办法就是先离开整体，然后再回来和它接触。现实生活中没有一个人是会失去触觉的，除了一些植物人。但现实生活中有很多人的触觉发展得不太好，他的觉察力就会变弱。”

小麦听得入了神：“妈，一个人觉察力变弱会怎样？”

我说：“那他就会变成一个机械化的、刻板的人。他会与他的灵性失去连接。”

……

娘俩就这么轻轻地说着话，慢慢走过一条长街。路的尽头是新华书店。小麦已经得到七分了！他快活地对我说：“妈，我现在要去新华书店看书啦！”我摸摸他的枕骨：“好呀，妈妈去喝咖啡了，再见！”

这就是我们娘俩寻常的交流模式。你如果对孩子讲：宝贝，妈妈讲触觉的知识给你听好不好？你的宝贝一定回复你：不好，我很忙！而现在你邀请他用发问的方式来与你互动，你的孩子既收到了你的智慧，又参与了进程。

大成亲子学问的魅力即在于此：不灌输知识与道理，永远聚焦于唤醒孩子本自俱足的灵性。

一篇作文

小麦昨天的作业里有一篇作文，是关于写“我喜欢的一种花”。

小麦问我：“妈，你会用什么结构来写这篇作文？”

我脱口而出：“我会用四重奏来写。”

小麦很好奇：“什么四重奏？”

我说：“首先是 why，然后是 what，再次是 how，最后是 whatif。”

然后我跟他具体讲解了各种含义。

小麦点点头，说：“妈，这个结构挺有趣，但我有我的结构。”

我问：“你的结构是怎样的？”

小麦说：“先总的写一下花，再细细的写一下花，最后总结升华一下。”

我说：“这听起来很不错嘛，那你写作文，妈妈录听书的内容，我们开始吧！”

我静静录音的时候，就听到背后沙沙写字的声音。

打破状态

大年初一的晚上。我与小麦在书房里。

我继续做我的珍珠耳钉，小麦在一旁玩电脑。

我说：“麦，你用骑自行车的方式来计算一下妈做耳钉的速度好不？”

孩子马上有了兴趣，问：“这怎么计算？”

我说：“你骑自行车，妈做耳钉，你可以按时间计或者速度计或者你觉得还有怎样的计算方法比较合适？你总是有很多智慧可供选择的。”

小麦说：“妈，那我骑两公里，看看你能做几对！”

我说：“这种计算方法有趣极了，那我们开始吧！”

于是小麦跳上自行车，开始卖力的蹬起来。

当他气喘吁吁跳下自行车，我做好了 24 对。他很满意自己一口气骑完了两公里，跑到书房外去玩了。

他完全抛弃了他的平板电脑。这一招我在亲子微课里教过的啊，叫作“打破状态”。

有没有发现童总是不动声色出这一招，而每一次都会奏效。

快递小哥

守岁沏茶喝扣冰，得有茶鲜啊。茶席在楼上，茶鲜在楼下，两个熊孩子在身边。

于是童童熊说：“哪家快递公司还营业呢？是小麦快递还是真真快递呢？谁能接我的业务呢？去楼下柜子上搬运葡萄干与山核桃呢？”

正在摆弄棋子的小麦猛地站起来！

急切地问我：“妈，楼下哪个柜子？”

我悠悠地说：“就是卧室门口那个柜子呀！”

小麦子弹一样射出去了！

真真有点蒙，转过身看着我。

我叫起来：“真真，哥哥抢了业务，你怎么办？”

真真走过来蹲在我旁边，很淡定地对我说：“那我给你拆茶包吧！”

快递哥小麦飞快地回来了，速度比顺丰小哥快不少。

我说：“一岁吃一粒，我要 38 粒葡萄干。”

于是小麦一粒一粒数葡萄干给我，在桌子上摆出好看的造型。

我又说：“还差一个碗盛水呢，哪家快递公司去厨房搬一个呀？”

小麦又冲下楼去了。

我笑眯眯坐在茶席前，真真黏在我旁边说：“我陪你吃葡萄干吧！”

除夕夜之打坐静心

麦妈："麦，妈妈想挑战你，你愿意接受挑战吗？"

孩子跳起来："妈，你快说！"

麦妈："就是打坐呀，看谁坚持盘坐 5 分钟，双盘的人有双倍积分！"

小麦："妈，什么是双盘？"

于是教了下散盘、单盘与双盘。

孩子一看就会，轻轻松松就双盘好了。

我呜咽起来："我没法双盘，我只能单盘。如果你坚持 5 分钟，你就赢了！"

小麦很得意，又说："妈，我们能散盘吗？"

我摇摇头："我们不散盘，散盘层次太低了，我们可都是大成人呐！"

小麦鹦鹉学舌，很坚定："嗯，我们不散盘，我们级别很高的！"

于是手机开始定时，5 分钟，安安静静的，等闹铃响起，孩子一脸幸福的样子！

我趁热打铁说：“接下来我们一起来一段海洋静心吧！同样的，保持盘坐的姿势。”

然后我开了海洋静心的背景音乐。半途中偷偷睁开眼睛，看到一个孩子端端正正坐着，像一尊小菩萨。

让一个十来岁的孩子去静心，是一件困难的事情，但如上来引导，就是一件充满乐趣的事。

教育不是努力去教孩子什么，而是追随他的能量状态，去诱导出一些助于他成长的表现。

安静的美男子

小麦：“妈，我真是倒霉，有一个这么吵的表弟，他真是吵死了。”

麦妈：“麦，我知道你是一个安静的美男子，但表弟有表弟的天性。你要感恩表弟，他是那个来成就你的人呀，他一出现，你就被拓展了，拓展出打架的能力，还有包容他的能力。现在表弟这么吵，你与他打一架吧，不是普通的打架哦，是与他打架，同时又保护到他。快去吧！”

于是两个孩子很开心就打起来了。既是打架，又是彼此爱护。

我对小麦说：“麦，对了，就是这样打，你看到没？又是打架，又保护好表弟，这里同时有两个框架在运作。你做得棒极了！”

消失的男孩

我拿了一个芒果，在房间里找来找去，一直找到书房，发现沙发上坐着个男孩，正在看一本厚厚的书。

我问："麦，有没有看到一个男孩？"

小麦抬起头来，眼睛乌溜溜的："男孩就在这里呀！"

我摇摇头："不是，我要找的男孩不是你，他不见了！"

小麦好奇了："谁啊？"

我说："那个吃芒果的小男孩呀，他可是很喜欢吃芒果的，可是现在我找不到他了。"

小麦笑了，露出洁白的牙齿，他晃了晃脑袋："我现在不喜欢吃芒果了。"

我说："唉，不仅吃芒果的小男孩不见了，那个吃奶瓶的小男孩也消失了，满地打滚的小男孩也不知去哪了……"

小麦叫着："可是你有了看书的男孩呀！"

我向小麦招招手："来，来，过来一下，我看看那个玩倒立的男孩还在不在？"

小麦笑嘻嘻走到我身边，我拦腰抱住他，呀，硬邦邦的，我叫了起来："不行了，玩倒立的小男孩也不见了！"

小麦哈哈笑了起来。

晚饭后，我坐在书桌前写课件，小麦过来了。我问他："现在过来的是哪个男孩呀？"

小麦脆生生地说："是问问题的男孩。"

亲爱的麦子，作为母亲，很多的时候我都希望时间永远停下来，将你定格在无忧无虑里面。但我知道更好的爱，是在前面为你引路，带领你用一种坦然、阳光的心态去经验成长。

在妈妈肚子里的时候

1

麦妈：麦，爸妈不在家的好处是什么？来，讲三点。

小麦：不知道，不知道，不知道。

麦妈：啊？

小麦：要体验过才知道啊。

2

麦妈：麦，你出生十几天就能一口气喝 100ML 牛奶。

小麦：嗯，因为我是一个吃货。

3

麦妈：麦，你在妈妈肚子里吃的食物每天都一样吗？

小麦：是的。

麦妈：你都不会吃厌吗？

小麦：当我吃厌的时候，我就出生了。

4

麦妈：麦，你在妈妈肚子里的时候会做梦吗？

小麦：不会。

麦妈：为什么？

小麦：因为我的世界观还没有形成。

花园里的战争

明天要去洛阳了。

对小麦说："麦，妈妈要去洛阳看牡丹花了，牡丹花是我们的国花。你说我们家的家花哪种合适？我选菊花，因为阳台上菊花最多了！"

小麦眼珠子骨碌碌一转："我选矮牵牛。"

我牵起小麦的手："不行，这得好好评一评。"

小麦顺从地跟着我到了阳台上。

雨后的阳台有很清凉的气息。娘俩叉着腰开始 PK。

我叫起来："哈，这里，这里，这里，都是菊花，菊花最起码有超过 10 个品种！"

小麦在阳台上团团转，找他的矮牵牛，一数，数量上没有优势，头一抬，看到了猪笼草。

孩子大叫："我换猪笼草，猪笼草的笼子把你的菊花都吃掉！"

啊！我大惊失色，正着急该如何还击。

小麦又叫了："啊，不行，麦秆菊太大了，猪笼草的笼子装不下！"

我很得意，对小麦说："麦，除非你动用蔷薇科，否则家花就是菊花啦！"

小麦突然就跑到大月季旁边："哼，我用月季进攻，月季有刺，飞过来，打穿你的菊花。"

我在阳台上找来找去，找到大丽菊：“我用菊花的亲戚——大丽菊，它的花那么大，砸你的月季！”

咦，不对啊，大丽菊也要被刺穿的。

我说：“那我用迷迭香，我用薄荷，它们有香气，熏你的月季！咦，迷迭香与薄荷哪种香气厉害呢？小麦，你帮我选一下。”

小麦说：“随便，我都可以反击的。”

“好，我选薄荷，这香气凉死你的月季。”

小麦走到水池边，说：“那我用荷花，夏天了荷花结莲子，嗖嗖嗖射过来，把薄荷打翻。”

我说：“哼，那我选金橘，一个莲蓬才十几颗莲子，金橘树最起码结好几百颗！”

小麦在阳台上东看西看，看到了六月雪：“那我选这个，它很大，有弹性，金橘射过来就弹回去！”

好吧，此战绵绵无绝期。我对小麦说：“麦，你设计一个和平的结局吧！”

小麦沉吟了一下：“最后一群花坐下来和谈。”阳台恢复了平静。

场域的智慧更重要

昨天朋友住我家，她说："童，你的家好有生活气息啊！"

我们坐在夜晚的阳台喝茶清谈，她谈到她对孩子的教育。

她说："我发现我犯的最大的错误就是想给孩子最好的教育。于是把孩子从这个学校转到那个学校，孩子小学还没读完，已经换了四五个学校了。现在又把孩子送进了寄宿学校。"

我对她说："你给了那么多自认为对孩子好的，唯独忘了把最重要的给孩子，那就是一个稳定的成长环境。如果把孩子比喻成一棵小树苗，你从这块地里挪到那块地里，不停地挪动，他怎么往下扎根呢？"

我们絮絮叨叨说了很多，天空下起了小雨，我们把桌椅搬到屋檐下继续聊。

夜色中的植物吐露着芬芳，一抬头，就可以看见今年第一朵月季的大脸庞。

早上醒来，朋友已经坐早班车走了。

我给家里的花罐换上新鲜的水。

忽然发现家里的花真多呀。

家里随处可见的鲜花与绿植，给心灵带出生机。

我陪伴小麦的时间真的很少。

只是当小麦在刷牙的时候，他会看到妈妈插的鲜花。

小麦坐在抽水马桶上，他会看到妈妈种的一支铜钱草立在他的视线里。

小麦坐在沙发上看书，一个姹紫嫣红的大花束陪在他身边。

小麦在吃早餐的时候，香槟色的玫瑰会用香气对他说“早上好”。

小麦在房间里跑，到处都是书，都是花，都是香。

而这些都是妈妈留在家里的“心锚”。

这是他成长的“养料”。

场域的智慧永远比个人的教导更重要，也更有效。

什么心

在我们家东西方文化的冲突是很明显的。

比如，我叫小麦：“小麦，快来，我有一个故事要讲给你听！”

一个小朋友就飞快跑过来了，脆生生问：“妈，什么故事？”

我说：“这个故事来自《金刚经》……”

刚讲到这里，孩子就捂着耳朵往后退：“我不听，我不听……”

“好吧，其实这是一个关于什么心的故事！”

小朋友捂着的耳朵又向我开放了！

“有一个人走路饿了，看到路边有一个卖点心的老婆婆，他很想吃点心可又没有带钱，只好厚着脸皮说：‘老婆婆，我肚子饿，你能不能给我点心吃？’

老婆婆说：‘如果你能回答我的问题，我就给你点心吃。’

那人自认为学识渊博，就说：‘老婆婆请出题。’

老婆婆说：‘过去心不可得，未来心不可得，当下心不可得，你现在说你要吃我的点心，请问你点的是什么心呢？’”

我笑眯眯地看着小麦：“麦，请问你点的是什么心呢？”

小麦跑到我身边，把他的小手放在我胸前，甜甜地说：“就是和你一样的这颗心呀，红色的怦怦跳的心呀！”

边界

傍晚的时候，站在小区门口等着贝贝过来自取书与纯露。刚交接完毕，就听到有人大叫我的名字，定睛一看：哇，我家男人耶！

边上还坐着个小男人，一看也是我家的。

他们坐在一辆电动三轮车上，突突突朝我开过来。

跳上车，没地方坐了，就蹲下来，脑袋趴在男人的大腿上。歪着脖子看小麦。小麦咧着嘴，笑容真迷人！

小区里的桂花在一夜之间都开了，金桂、银桂，香气馥郁浓烈。下车后两个男人站在树底下闻花香。一家人慢慢走上楼梯。

我问小麦：“麦，妈妈有一个很重要的问题想与你探讨。”

小麦眼睛发出亮光：“什么问题？”

我很认真地说：“边界问题。就是关于宇宙的边界与思想的边界。”

小麦说：“这是个好问题，可以从很多角度来回答。”

这下我好奇了：“快说说看，都有哪些角度？”

小麦徐徐道来：“从语文的角度呢，宇宙的边界就是思想的边界里的思想变成宇宙。思想的边界就是宇宙的边界里的宇宙变成思想。”

小麦又说：“从数字的角度，宇宙的边界是 1+1。思想的边界是无数 + 无数。”

小麦还说："从物理的角度，宇宙的尽头里有很多星星，思想的边界里有很多问号。"

小麦接着说："从化学的角度，如果宇宙是锅，那么宇宙的尽头就是锅的边。如果思想是一壶酒，那么思想的边界就是酒壶。"

小麦继续说："从生物学的角度，宇宙是植物，思想是动物。"

回到家了，娘俩一起滚到大床上。

小麦又开口了："从天文学的角度，宇宙的边界是用望远镜看的，思想的边界不是用望远镜看的。"

还有还有，小麦："从心理学的角度，宇宙的边界是问号，思想的边界是感叹号。"

最后，小麦说："从发明家的角度，宇宙是一个模型，思想也是一个模型。"

我们一起盘腿坐在大床上，孩子双目炯炯看着我。我看着他，不禁看痴了过去，一个多么深邃的生命啊！

吃月光

旅途中。

在一个旅舍安顿下来，先冲了凉，洗去一身的风尘。隔壁有一家餐馆，却说打烊了。于是带着小麦出门去找吃的。

我们沿着小巷的青石板路走了很久，四周少有人影，昏黄的路灯将影子拉得时长时短，月光倾泻在树枝上，秋虫们在吟唱。

小麦说：“这样走下去，这里可是什么都吃不到啊！”

我说：“吃不到饭，可以吃风啊，柔柔的风来两杯，真是好吃极了！”

小麦说：“那我来一碗月光，一杯小虫子的歌唱，一盘影子，再喝一下灯光。”

“哇，你的晚餐好丰盛哦！快跟妈说说味道如何？”

小朋友活泼泼迈着步子，声音像萤火虫四下飞去：“月光就像米饭，很香。小虫子的歌唱是甜甜的。影子就像黑椒汁，辣辣的。灯光是橙汁与西瓜汁混合的味道！”

“呀，真是美妙极了呢！”

小麦又说道：“妈，你吃的风是饮品。”

我点点头：“是的，是薄荷味的。”

不知不觉穿出小巷，走到了灯火阑珊处。一家兰州拉面在等着我们母子。

“老板，一碗牛肉拉面，一碗青菜拉面！要大碗啊！”

得逞

带小麦去走亲戚。走到村口，孩子有点情绪，不愿动。

亲戚就一拨一拨去叫小麦。叫不动。

到了吃饭时间，亲戚们更着急了。叫不动。

我把自己喂饱饱，包了只鸡腿去找小麦。

小麦脑袋上汗涔涔的，目光炯炯，神情凛然："妈，我是不会让大人得逞的，叫我吃饭偏不吃，哼！"

我马上摆出刘胡兰的阵势："是的，坚决不能让大人得逞，让小人得逞就可以了！"

"不，我可不要让小人得逞！"熊孩子跳了起来！

"那怎么办？大人与小人哪个得逞更好一点？"我也为难了。

小麦低头沉吟，抬起头说："那就让大人得点小逞吧！"

我飞快送上鸡腿："喏，我是大人，吃饭是大逞，小鸡腿是小逞，你快吃吧！"

广告无缝插入

吃香蕉，丢香蕉皮。打开垃圾桶，飞出一群蚊子。

“嗷”的一声，小麦倒在沙发上。“妈，蚊子咬我！”

我很严肃回应说：“麦，蚊子不是咬你，它们是在执行一项秘密任务！”

孩子一骨碌爬起来：“什么任务？”

“它们在找一个小男孩的大腿，要在上面织一幅宇宙宝藏地图。”我一本正经地说话。

“哈！”小麦咧着嘴笑：“于是他们在地球找到一个目标，这个目标在中国浙江青田！”

“没错！只是它们万万没有想到的是：那个小男孩有超级武器，任你怎么咬，一涂好光光！”

“妈，你想说你的野荷花纯露吧！你的广告真是无处不在啊！”

呜呜呜，你娘说的是事实嘛！蚊子咬出红包，野荷花纯露一涂就止痒消肿了嘛！

彗星男孩

我在修剪月季花枝，剪下来的叶子与枝茎掉在地上。小外甥真真跟在我身边。

我对真真说："真，你可不可以展示一个捡叶子的技能给姨妈看看呀？一般像你这么大的孩子行使这个技能是不容易的，你能示范一下给我看看吗？"

小朋友蹲下去，小心翼翼捡起一片叶子丢到了垃圾筒里。

我叫了起来："哎呀，太棒了呀！这可不是一件容易做到的事呀，月季花上还带着刺呢，你捡得又快又稳，真是个勇敢的孩子呀！"

小朋友响亮的说："我是一颗彗星！"

大姨妈继续保持赞赏："呀，怪不得呢，原来是彗星呀！彗星可是很大能量的呢，怪不得捡得那么好，我想也一定可以捡更多吧！"

不一会儿，垃圾筒渐渐堆满月季花的叶子，像一座绿色的小山。

我把花插在青瓷花器里。我捧着花器放到茶席上。小真真像一条小尾巴跟着我。大姨妈与小外甥一起创造出一座小小的花园。

示范能力

早上在书房伏案工作。5 岁的小真真在小客厅里玩乐高。

我看到百叶窗的绳子搭拉在小音箱上，就叫起来：“真真，你能过来示范一个能力吗？示范一下把绳子变直的能力！”

门里伸进一个小朋友的脑袋：“绳子在哪里？”

我指指百叶窗：“喏，那根绳子斜了！”

真真的小手飞快地伸过去把绳子拉直。我叫了起来：“呀，做得真不错呀！真真是不是还要示范一个帮姨妈把碗收到楼下碗槽里的能力呢？”

小朋友看看那个放在方茶几上的面碗，说：“这个碗好大呀！”

我说：“是呀，是一个很大的碗，如果真真把一个大碗都拿下去了，姨妈一定要给你拍个照片记录这重要的时刻。”

然后我拍到了照片。然后听到楼下厨房传来碗放下去发出的声音。不一会儿，一个圆圆的小脑袋从门口探进来，笑眯眯看着我，说了一句话：“我是一匹马。”

于是我脆生生地回答：“我是马的姨妈！”

谁记性更差

小麦：“妈，你觉得你和我爸谁记性更差？”

麦妈：“说都不用说，肯定是我啦！我早上吃了什么中午就忘了。”

小麦：“那我爸记性比你更差，他骂了我，半小时后就忘了。”

先道歉的人比较厉害

小麦：妈，你在干吗？

麦妈：练武功。

小麦：什么武功？

麦妈：与人吵架谁厉害的武功。

小麦：可是你没有和谁吵架啊？

麦妈：是，我在练武功心法。心法指引招术嘛！

小麦：心法是什么？

麦妈：三个字！

小麦：哪三个字？

麦妈：对不起。

小麦：你是说吵架的时候要先道歉喽！

麦妈：是的，先道歉的人比较厉害。

小麦：怪不得你天下无敌。

小麦是妖怪之喷火怪

小麦放假了。

今天是周四，麦爸爸上班，麦外公打球，麦妈妈与小麦待在家里。

下午三点左右，我下楼去车库打包发快递。不一会儿，小麦子也下来了。

不知道怎么回事，小麦子不见了，车库里多了一条喷火龙。嗖嗖喷着火焰，整个车库火花四溅。

首先是自行车沾上了火星，噼里啪啦，听起来很像是一个小男孩拿脚使劲踢轮胎。

不一会儿，火势蔓延到了外头，一个大纸箱熊熊燃烧起来，原本好好的一个纸箱，很快就四分五裂了。

哎呀，另一个纸箱也遭殃了。我简直怀疑抗日战争是不是打到这里来了?

喷火龙是不会讲人类语言的，它咚咚咚蹬着脚，当我问了句：咦，是谁在跳踢踏舞吗?

咚咚的声音就更响了。

好热啊，汗珠子一颗一颗滚落下来。我到处找薄荷精油。又找到一堆崖柏纯露。

喷火怪啊喷火怪，喏，这些都可以降火!

喷火怪才不鸟你呢，喷火是它的天性!

于是，它喷它的火，我调我的香。

等到黄昏来临的时候，喷火怪拍拍屁股走了。

那些燃烧过后的灰烬也被它悉数带走。

当我送走一堆包裹回到家里，一推开门呀，我的儿子小麦就甜甜叫了我一声：“妈，外公烧了豆子，我们吃豆子比赛吧！”

小麦是妖怪之蜥蜴精

小麦家里要装空调了，装在影音室。

等麦妈妈回到家的时候，发现房间门口放着未拆封的新空调。

黄昏的时候，装空调的师傅来了，小麦子也满头大汗回来了。咕噜咕噜喝下大半瓶矿泉水。

空调外机被抬到了阳台上，从纸箱里拖出来，大家忙得不亦乐乎。

麦妈妈发现空调纸箱立在阳台的中央，看起来像一座房子。

而小麦不见了。

走近空调纸箱那里一看，呀，里面好大一只蜥蜴！

那蜥蜴的脸脏兮兮的，真像人类小男孩的脸呀！它吐出长舌头，在空中卷来卷去，像龙舌兰的叶子。

麦妈妈转身就回到了屋内，在小客厅的小冰箱里找到一罐草莓酸奶。再次回到纸屋旁，把它递给了蜥蜴。

当天边的云霞由玫红色变成黛青色的时候，那个纸房子里开出了一扇窗户，伸出一个蜥蜴的爪子，又很快缩回去了。天窗也完全敞开着，阵阵凉风灌进去，房子里发出轻快的响动。

人们还在忙着拉电线啦，打螺丝孔啦。只有麦妈妈注意到那只大蜥蜴怡然自得在翻建它的房子。

听说，有能力给自己建一个家，并且住在自己建的房子里，是一件很幸福的事！

小麦是妖怪之竹签怪

坐了 22 个小时的火车到了聊城。

是因为聊城有了《聊斋志异》？还是有了《聊斋志异》出了一座聊城？

不知道。

只是小麦很兴奋，深夜娘俩上街的时候，槐树上的花仙子簌簌洒下花瓣。风大仙抓着我的发丝滑翔。光影怪给小麦拉出五个影子。孩子咯咯咯笑着。

一排烤摊灯火通明。

小麦大叫起来：“妈妈，羊肉串八毛钱一串！”

我定睛一看，果然！还是数竹签结账呢！

……

一个小时后。娘俩打着饱嗝，嘴巴里都是孜然与胡椒的香气。

“老板，买单！”

一个大婶闻声而至。看看我们，又看看桌子上的两根竹签，又看看我们，带着狐疑的神情。

“老板，数竹签，结账！”

一个迟迟疑疑的声音老半天才响起：“两根，一块六！”

我掏出两块钱啪地往桌上一放，很豪迈地说：“两块，不用找了！”

于是一手牵起小麦，一手提着刚刚编好的竹篮，昂首阔步就离开了！

一个笨女人爱上聪明人的方式

麦妈："一个男生会一些独特的东西真的很重要哦！你知道吗？当年你妈就被你爸一架天文望远镜，一个单反相机，一大书架的书和一大筐影碟吸引了。"

小麦："我知道的，那就是一个笨女人爱上聪明人的方式。"

最感动宇宙十大人物

小麦：妈，你知道最感动宇宙十大人物是谁吗？

麦妈：啊？不知道啊！上帝算其中之一吗？

小麦：上帝不是。我知道其中两个。

麦妈：谁啊？

小麦：别人家孩子和别人家父母。

麦妈：可我一直觉得自己的孩子和自己的父母最好啊！

小麦：你是宇宙的另类。

小星

喂，是瓢虫吗？

是呀！你是哪位？

我是邱家的儿子。我爸种了个大花园，你能帮忙来吃蚜虫吗？你放心，我爸没有洒农药，施的也是有机肥。

可是我在非洲哦！

你能坐着时光机来吗？你要小心不要在中世纪停留太久，那个时期很黑暗。

好吧，我该走哪条路线？

你过叙利亚吧！

那里的战争对我的旅程会有影响吗？

放心，你很快会穿越边境到达蒙古国。你要记得在唐朝的时候来到中国，你第一站先去西安。然后你在近代到北平，你记得去看一下毛主席。

哦。你能不能叫我名字啊，我是有名字的，七星瓢虫呐！

你叫什么名字？

小星。

小星，你到哪里了？
蒙古。我在十八世纪。

小星，你到哪里了？
还在蒙古，这里很好玩。

小星，你到哪里了？
蒙古，让我再停留两天，我喜欢荒漠。

小星，荒漠里你食物够吗？
嗯，不够吃我可以辟谷。

小星，你到西安了吗？
到了，西安城墙好高，爬得我累死了。我还见到唐明皇了。

咦，你不是在十八世纪吗？
我坐时光机可以自由进出各个世纪的。

哦，你快来民国吧！这个时代风起云涌。
是的，我已经在民国了。

你见到毛主席了吗？
见到了，我还在他左脚鞋上爬了一圈。

小星，你到现在了吗？

到了，我就在现在。

小星，那你来浙江吧！

嗯，我在浙江了！

小星，那你来青田吧！

嗯，我在青田了！

小星，那你来水南村头吧！

我快要见到你了是吗？我有点紧张啊！我的心跳得很快。

小星，你找到第三幢了吗？我家在六楼。

完了，我太紧张了，我好像爬错单元了。这六楼没人，但我好像听到你的声音了。

好吧，我走开一下，你从屋顶爬过来吃蚜虫吧！吃饱了你就不紧张了。

好的。你真是个贴心的小男孩啊！

小星，蚜虫好吃吗?

嗯，好吃！很鲜。鸡冠花那的我都吃完了！

那我爸爸会很高兴的。我家的蚜虫全送给你吃了！

好的。谢谢你的慷慨大方。我会把你的情谊带回非洲的。

（黄昏的阳台上，小麦子与麦妈妈的一场对话。）

守护孩子的天真与慧心

亲爱的麦子，我时常看着你，不禁看痴了过去，感慨这是一个多么深邃的生命！作为母亲，很多时候我都希望时间永远停下来，将你定格在无忧无虑里。但我知道，更好的爱就是在前面为你引路，带领你用一种坦然、阳光的心态去体验成长。

孩子才是大师

那一天黄昏，小麦放学回家。一出现在他妈视野，他妈马上就逮住他：“麦，快帮妈妈发书，打包如果没有麦将军，可不行啊！”

小麦皱着眉头：“我很想拉小便。”

麦妈很豪迈：“你快去找个洞，找棵树也行！”

小麦说：“不！”

然后一溜烟就跑了。

不一会儿，一个男孩又满头大汗跑回来了：“妈，还要打多少个包？”

我埋头签着名字，随口说了句：“无数个包。你快帮忙！”

小麦很快找到自己的工位，把加了香的书签夹到书里面。

天渐渐暗了，小麦嘀咕着：“我还要回去写作业呢！”

然后他突然丢下书签又跑了。

这孩子！我在心里咯吱了一下，但顾不上他，继续埋头签名。

谁知没过几秒钟，小麦又跑回来了。继续拿起书签干活。然后用欢快的语调说：“知道刚才我去干吗了吗？我看到隔壁爷爷去楼道的方向，我就跟过去，他开了门，我就用方法让门开在那里，那等下我就不用被关在大门外了！”

孩子很得意地说着：“我还要回去写作业呢！等这些书签夹完了我就回去！”

手脚太麻利了，书签很快夹完了。

小麦突突突又跑走了。

我一边签着名，一边想着：写什么亲子书啊，孩子才是大师！

小麦的故事三则

1

与小麦下象棋，架起了双炮，把小麦的帅干掉了。

我对小麦说：“麦，妈妈发现你有一个很卓越的地方，你想不想知道？”

小麦坐在我对面，很好奇：“我都输了，还有哪里卓越？”

我说：“妈妈发现你连着三天邀请妈妈下棋，下的都是中国象棋，中国象棋是你的弱项，每次下你都会输给妈妈，可你却选择你不擅长的，而不是用你很厉害的国际象棋来赢我。你不怕失败，这点很了不起！”

小麦腼腆地笑了：“不是说男生要保护弱者嘛，国际象棋我都不用跟你下，你就认输了，你实在太弱了。所以我不跟你下。嗯，现在我要总结一下这次下棋的经验。”

我又给他竖起大拇指：“瞧，你还会从每次下棋里总结经验，妈妈再给你点个赞！”

2

我在车库打包发货的时候，小麦满头大汗跑到我身边，手上捏着一张纸。

“妈，我到底要不要买书呢？”

我低头一看，是学校发的一张购书纸，关于自愿购买国学经典。如需购买，需要家长签字。

我说：“你说要不要买呢？”

小麦说：“我就是不确定自己到底要不要买。”

我伸出右手做出空间心锚，用身体语言带动小麦把目光放到我手的方向，我说：“在我的心目当中，小麦是个很爱看书的男孩，而且他不挑书，天文地理什么书都看，所以我觉得他应该会喜欢看国学经典。”

我用眼睛的余光看到一个咧着嘴笑的男孩子。

我收回手臂，把目光放到购书纸上，说：“呀，有《古诗词》呢，还有《偏旁部首》，《论语》都有哦，这些妈妈都喜欢看呢，如果你也看了，那我们娘俩岂不是太有共同语言了？”

我把目光放到小麦身上，温柔地说：“麦，208 元能买这么一大套书，妈妈支持你！”

小麦叫起来：“妈，有打折，120 元就够了！”

我欢呼：“呀，这么优惠呀，买！”

小麦拿一支笔给我：“那你快签字吧！”

3

前天小麦在与非咖啡馆找到一本《世界上下五千年》，看得入了迷。就借回了家。今天我把书还了回去。

傍晚的时候，一家人开车回家，有了如下对话。

麦爸爸：“小麦，如果与非不知道你拿了那本书，你会不会还回去？”

小麦很干脆回答：“会！”

我马上伸出大拇指：“小麦，妈为你点赞！”

麦爸爸又说话了：“别人都不知道是你拿的，你为什么还要还回去？”

小麦答：“因为我妈会给我点赞！”

麦爸爸继续说：“如果你妈不给你点赞呢？你还不还呢？”

小麦答：“还，因为别人会给我点赞。”

麦爸爸继续挑战：“如果别人都不给你点赞呢？”

小麦答：“不还有天与地吗？天知地知你知我知。”

麦爸爸：“如果天与地也不给你点赞呢？”

小麦：“自己给自己点赞！”

睡神哲学

回到家，刚好是中午。爬楼梯爬到三层，接到男人的电话，问我到家了没有？然后就听到小麦在一旁欢快的声音："好，我妈回来了，我回家！"

我放下行李，赶紧找小全送给小麦的小鱼纸与信物。等到小麦按响楼下的门禁，我赶紧抓着小鱼纸与信物，穿上鞋子跑到楼梯去迎接小麦将军。

当我双手奉上小全的礼物，麦将军大大方方看完小鱼纸，又看了看信物。那个信物是一方木头的印章，侧面刻着《吉祥经》，底部尚未刻字。我说："麦，小全说如果刻一个字，就是刻'麦'，如果刻两个字，就刻'小麦'，刻三个字，就刻'麦将军'。你选择刻几个字？"

小麦很干脆回答："三个字，麦将军。"

中午娘俩吃葱面条。聊聊关于小全的事。

我说："小全在课堂上睡觉。我只要一坐到他身边，他就开始睡觉了。"

小麦说："哦，小全在修'睡神哲学'。"

我好奇："什么是'睡神哲学'？"

小麦说："'睡神哲学'是精神哲学的一个分支。一共分成七节。"

第一节

精神不佳，小睡片刻

第二节

本来要醒了，看到老师，再睡

第三节

睡得太累，小歇片刻，睡

第四节

古有明训：饭前睡最吉祥，饭后睡最高贵。睡

第五节

同第四节理由，睡。

第六节

为下节课做心理准备，睡。

第七节

前面六节都睡了，再睡。万睡万睡万万睡！

我目瞪口呆听完小麦背完“睡神哲学”，我说：“那你有没有修‘睡神哲学’啊？”

小麦说：“没有，不然我的老师就要修‘打人哲学’了。”

现在小麦上学去了，他留给我的话是：“你对小全说下，我吃好睡好玩得好学习好，让他放心。”

找到我妈心路历程

我坐在公交车上。车子行驶到肯德基的时候，我看到了一个女人。

她穿着白色的衣服，背着蓝色的包，包上还挂着一只小熊。

我想：“她真像我妈呀！”

我定睛一看：“还真是我妈！”

于是我就在前面花园降站下车了，我跑回去找我妈。

我妈已经不见了。

我就往前走，前面是我同学XXX住的小区，我进不去，因为我没有门卡。所以我想我妈也进不去。

旁边是超市，我妈很少去超市的，所以我想我妈也不会在超市。

再往前走，我有两个选择，是往左走还是往右走呢？

右边的寿司店已经关门了，我妈不会去的。会心在左边，我妈在会心还有一个房间，所以我判断我妈去了左边。

我就往左边走，再往前走又遇到一个十字路口，因为我相信我妈在会心，所以我就不会再走上其他的路。

直到我走啊走啊，走到会心的大门口。我果然看到我妈站在那里。

我就大叫着冲上去，这个时候，我妈看到了我。

我看到了我妈的嘴巴变成了一个鸭蛋。

傍晚的时候，我站在会心的大门口，一个熊孩子大叫着妈冲过来，汗涔涔的扑到我怀里。我张大嘴巴不可思议看着这个宝贝。开着车回家的时候，他对我说了上面的话。

新的写法

妈，我的作文有新的写法了。

那就是在作文里加入了神秘的符号。

你知道我的灵感来自哪里吗?

是你在听狮子吼的时候我得到的灵感。

我一共写下三个神秘的符号。

你知道那个作文的题目是什么吗?

作文的题目是《我的妈妈》。

孩子气

娘俩一起窝在沙发里。

“妈，我刚刚放了一个屁。”

一只脚丫伸到了鼻子下：“妈，你闻闻我的脚气！”

一张小脸凑过来了，张大嘴巴呼出气体：“妈，快闻我的口气！”

熊孩子端端正正坐好了，朝我粲然一笑：“妈，我展示完了我的孩子气！”

素心小麦

麦，妈妈总是不在家，给你的人生带来的最大的好处是什么？

我可以和爸一起睡大床啦！

麦，爸爸总是在家，给你的人生带来的最大的好处是什么？

我每个周末都可以和爸去外面吃牛排！

麦，50+9=？

武术 + 酒 = 醉

麦，为什么上体育课的时候你会写作业？

因为体育课很好玩，所以写作业就跟玩似的，我就写得很快。学习就是玩，玩就是学习啊！

麦，怎么样去喜欢上一个你讨厌的人？

把讨厌的那个人装到你喜欢的那个人的身体里呗。

但事实上做不到啊！

你的脑子里总可以做到的嘛！

小麦的棋局

晚饭后进男人的书房，他给我看小麦的笔记本，对我说：“儿子会写文言文了。”

打开来，上面记录着 11 月 22 日与 23 日父子下国际象棋的记录，以下是全文：

2015 年 11 月 22 日父子友谊战五局三胜（实际四局）

第一局

爸——白方

损失 11 子：4 兵 2 马 2 象 2 车 1 后

我——黑方

损失 5 子：2 兵 2 马 1 象

黑胜。

胜利原因：父因不小心，故失二兵，象击父后，后击双车，主力棋失也，因而败。

失败原因：粗心，失二兵，因而显出，后失一后双车，末只剩四兵，因悔也。

后记：父因投降而败，为何？因父末只剩四兵，若想反败为胜，应升变，但一、三兵被拦，二兵若向前一步，则被二兵吃，四兵前有三兵。

第二局

我——白方

损失 6 子：3 兵1马 2 车

爸——黑方

损失 5 子：1兵1马1象1车1后

白胜。

胜利原因：父变强大，但失败，兵击父后，似导火绳，后失车，但父击双车。

失败原因：父反省，但棋技不足，后败之。

后记：父因将死而败，为何？吾出动后、马，三格后格，一格马将。

第三局

我——白方

损失 15 子：8 兵 2 马 2 象 2 车 1 后

爸——黑方

损失 14 子：8 兵 2 马 2 象 1 车 1 后

黑胜。

胜利原因：父再反省，更强大，开局便杀，后均无……后车王杀王。

失败原因：吾虽车胜二局，但失败。唉，若吾胜一局，则胜，若子胜一局，则再下一局。

后记：吾因将死而死，为何？因未汝有一王，子有一王一车。

第四局

爸——白方

损失 15 子：8 兵 2 马 2 象 2 车 1 后

我——黑方

损失 10 子：7 兵 2 马 1 车

黑胜。

胜利原因：子极乐，而粗心，双象立功，而为主力。

失败原因：因粗心，而开局被将，因而失败。

后记：汝损一象，失主力也！汝将胜时，命尸乱走。吾将兵进，升变成象。

我和爸 3:1，我胜。

2015年11月23日父子战争（一局一胜）

我——白方

损失7子：4兵2象1后

爸——黑方

损失11子：4兵2马2象2车1后

白胜。

原因：汝战败，为何？初汝占上风，吾甘拜下风。末，吾计如下：车将王，王闪，车击汝后，汝出动二车，意想双车杀王，却被吾王吃一车，后一车被马吃。后同一局，只剩4兵，王投降（双车主力也）。

不曾生，何来死

周末的早上，一家人睡到九点。小麦端端正正盘腿坐在小床上，像一尊小菩萨。

他眨巴着大眼睛对我说："妈，这几天我和爸关于僵尸交谈得很多，所以我今天早晨做了一个关于僵尸的梦。"

我说："哦，你倒说说看！"

小麦眉飞色舞开始讲述："天空弥漫着一种僵尸病毒雾霾，人只要一吸进去就会变成僵尸。在没有被雾霾笼罩的区域，人们发明了一种药丸，只要一吃进去，就能够抵抗这种雾霾。我的一个同伴被吸进了雾霾，变成了僵尸。我拿了一把枪，枪里装着药丸，悄悄的把药丸打进了同伴的嘴里，我的同伴又变回了人类。"

我欢叫起来："哇，这简直是一趟英雄之旅嘛！那你有没有梦到我？我在你的梦里扮满着什么角色？"

小麦说："没有，你没在我梦里。"

我强烈要求："麦，你要把我放到你梦里，我申请我要在你梦里扮演一个美丽的角色。"

娘俩絮絮叨叨说着话，从卧室一直聊到餐厅。对着一碗鸡蛋面，小麦忽然说话了："妈，我已经把你放到我梦里了。你在梦里有一个美丽的角色。"

我很高兴，很好奇问他："那你快说说看具体是怎样子的？"

小麦说："我开车来到你的坟墓前……"

"什么，我死了？"我跳了起来。

小麦淡定地看我一眼："是啊，你吸了僵尸病毒雾霾，你死了。但你在临死前留下一句遗言：留意那把菜刀。"

"菜刀怎么回事？"我丈二和尚摸不到头脑。

小麦流利地说下去："我就抓起你留下的菜刀，一路砍过去，一砍到僵尸，僵尸就全死了。"

我说："那这个梦一点都不美丽啊，我都死了。"

小麦说："菜刀多美丽啊，幸亏有一把美丽的菜刀我才战胜了僵尸。菜刀是你留给我的，所以你很美丽啊。"

"好吧，那你能让我不死吗？我可不想死啊！"

小麦眨眨眼睛，说："这个好办，我给梦来一个前传，这个前传就是在很古老的时候，有两支军队发生了战争，其中一个军队把另一个军队给消灭了，被消灭的军队里有一个人是你的祖先。祖先来不及生儿育女就被消灭了，你就不会出现了。不曾生，何来死。"

我是紫色的

小麦："妈，今天我们班发生了有史以来最大的一场'战争'。"

麦妈："啊，怎么回事？"

小麦："红方与蓝方打起来了。"

麦妈："那你在战争中是什么身份呢？"

小麦："我是红方其中一位的同桌，也是蓝方唯一一位队员的朋友。同时也是旁观者。"

麦妈："哦。"

小麦："妈，我是紫色的。"

麦妈："为什么？"

小麦："我与红方和蓝方都有关系。红色加蓝色就变成紫色啊。"

麦妈："你是旁观者还算有关系吗？"

小麦："他们打架我旁观才是最好的关系啊。"

一阵龙卷风刮出的母子缘分

麦妈：“小麦，你为什么会选择我做你的妈妈呢？”

小麦：“其实一开始不是的。一开始我想去一个美国家庭，等我到了美国的时候，才发现那个家庭变成难民搬走了。这个时候刚刚来了一阵龙卷风，把我刮到了太平洋上空，最后吹到一座小岛上。我正坐在海边想着该去哪户人家，这个时候一阵海浪就把我打到了大海里。我在大海里漂浮，最后被一艘船上的人捞了起来，可那艘船上没女人，我只好静静等着。那是一艘中国军舰。后来它在中国靠岸了。我就来到了青田花园降。我本来要去另一幢房子，可我走错了路，走到了 37 号，就钻进了你的肚子里。”

死法

早上，男人去上班了，小麦穿着睡衣跳进我的被窝，娘俩聊了聊棋谱的事。

然后窸窸窣窣穿衣服起床。我叫起来：“哎呀，我要去拉大便了！”

小麦正站着穿毛衣呢，一听就歪歪扭扭倒到了地板上，呜咽着：“完了，我要被我妈的大便熏死了。”

我连忙跳下床，很主动地说：“没事，妈去楼上卫生间。”然后我就跑了。

等我从楼上下来，在客厅见到穿戴整齐的小麦，他大眼睛水汪汪的，说：“妈，你怎么跑了，我还想着被你的大便熏死，那我就不用写作业了。”

啊？那怎么办？

我拉起小麦的手说：“麦，跟我来，我还可以把你吵死的，我洗漱的时候保证发出很嘈杂的声音把你吵死！”

小麦摇摇头：“妈，吵不死我的，我很擅长闹中取静！”

我很忧伤看着他：“那怎么办呢？那你可以怎么死呢？”

小麦镇定地取下牙杯，把牙膏挤在牙刷上。他仰起小脸看着我说：“妈，等下我们下棋吧，我负责记谱，记下我是怎么被你将死的。”

娘俩来了个大成击掌，欢庆事情完美解决。然后我说：“这下以一颗天堂的心来写人间的作业，那真是充满乐趣啊！”

当下做到

小麦听我录鬼脚七的《行走》系列，他知道鬼脚七的故事。

晚上吃饭的时候，小麦突然问我："妈，你觉得鬼脚七是一个解脱者吗？"

我回答说："不知道啊，这或许要亲自去问鬼脚七。"

然后我问他："麦，那你觉得妈是一个解脱者吗？"

小麦说："你说一个具体的场景看看。"

我说："我和小麦在吃晚饭。"

小麦问："那你最喜欢吃的菜是什么呀？"

我说："我最喜欢吃的菜就是我在吃的菜呀。"

小麦点点头："嗯，你在吃菜这件事情上解脱了。"

突然小麦又叫了起来："妈，你不是很想吃小蛋糕吗？那你的内心还有一块小蛋糕没有解脱掉！因为你对小蛋糕还有强烈的欲望。"

小麦又说："妈，我突然意识到你没有解脱。"

我说："为什么？"

小麦说："当你问我你有没有解脱的时候，你就是没有解脱了。因为你在追求自己是否解脱！"

我叫起来："啊，没错，你说得太对了！"

小麦很得意："哼哼，在这方面我可是有研究的。"

我问："你什么时候研究过了？"

小麦说："当下研究。"

小麦又说："有一次，老师让我们背课文，我没有背。第二天我却流利的背出来了。"

我问："你是怎么做到的？"

小麦大声说："我是当下做到的！"

小心孩子给你挖的大坑

晚餐吃炒年糕。餐桌上与小麦有一段对话。

小麦说："妈，我出一道题，你一定会做错！"

我不服气："哼，我不信！"

小麦气定神闲开口了："这是一道英语选择题，你听清楚喽！ Blue、orange、apple，这三个单词你觉得哪一个不是同类，需要挑出来？"

我想了想："嗯，是 blue。"

小麦立即反应："错，是 apple!"

我疑惑了："为什么是 apple?"

小麦大声说："因为 blue 是蓝色、orange 是橙色，它们都是色彩，而 apple 是水果啊，所以 apple 挑出来。"

我叫了起来："不对，orange 是橘子、apple 是苹果，它们都是水果，而 blue 是颜色，所以 blue 挑出来才对啊。"

小麦笑了："妈，应该是 orange 挑出来才对，因为它既可以是颜色又可以是水果，它是最特别的那一个啦！"

顿了一下说："果然答错了吧？我故意与你争辩一下，你就更跳脱不出来了。"

一碗赤豆汤引发的框架大厦

晚餐在知味观。点了一碗赤豆汤。

人山人海啊，连勺子都抢光了！

于是小麦端起碗就吃！

男人说话了："我就知道小麦会端起来吃的。"

小麦一边吃一边说："我就知道我爸知道我会端起来吃的。"

我说："啊，建框架大厦了，看我来盖一层！"

于是说："我就知道我儿子知道我老公知道他会端起来吃的。"

小麦瞪着乌溜溜的眼睛："妈，你的高度不够，看我的！"

于是小麦说："我就知道我妈知道我知道我爸知道我会端起来吃的。"

数学是上帝

麦妈：“麦，数学和物理是什么关系？”

小麦：“父子关系。”

麦妈：“谁是父亲？谁是儿子？”

小麦：“数学是父亲。物理是儿子。”

麦妈：“为什么？”

小麦：“任何学科都可以用数学来解释。”

麦妈：“那数学的母亲是谁？”

小麦：“没有母亲。”

麦妈：“为什么？”

小麦：“数学就像上帝，没有被谁创造，却创造了一切。”

没有最丑，只有更丑

今天开始开两会了。衣服上别着出席证，开完会忘了取下来。

吃晚餐的时候，小麦见到了。拿起证件端详一番，叫起来：“呀，我妈真丑！”

有吗？我低头看了看证件上的照片。我对小麦说：“嗯，那时候小麦还没出生呢！那时候丑没关系，现在不是变漂亮了嘛！”

小麦说：“不，现在你是更丑！”

脚一软，完全立不住了，歪歪扭扭就倒了下去。

后来扶着墙起身吃饭。小麦就坐在我的左手边。他忽然笑眯眯对我说：“妈，我记得你最美丽的时候！”

我两眼发出光芒：“什么时候？什么时候的妈妈很美丽呀？”

小麦大眼睛亮晶晶的：“当你还没有投胎成人，你还是一只小老鼠的时候。”

呜呜呜，完全没有力气活下去了！

踏春行

1

早上下着雨，下得还不小。全家都穿上了冲锋衣。

到了楼下，男人发现他的冲锋衣卸下了帽子，于是跑回家去拿帽子。

我打电话给男人让他带把雨伞下来。

小麦就说：“妈，冲锋衣是防雨的，为什么还要带雨伞呢？”

我只好支支吾吾说：“嗯，妈的帽子太小了，遮不住我的大饼脸，还是需要雨伞遮一下。”

小麦拉了拉他的帽子，遮住大半个脸，像一只小小的企鹅，踩着水花蹦蹦跳跳跑开了。

2

一家三口穿着冲锋衣走在山道上，小麦蓝颜色，男人黑颜色，我是绿颜色。

我对小麦说：“麦，我们来写作文吧，妈写一句，你写一句。”

我就脱口说出了第一句：“我穿着绿色的衣服，走在春天里。”

然后说：“小麦，该你了。”

小麦笑眯眯接了一句：“看起来真像一株植物呀！”

我马上跟下去："像一株什么植物呢？"

小麦说："食人花。"

3

下午一家人去与非喝咖啡，我们每次去都会点一盘南非瓜子。

但今天店里卖光了，我就点了盘原味瓜子。

小麦看到原味瓜子就不开心，咕噜着说："妈，南非瓜子呢？"

我回答说："今天清明节，南非瓜子出去扫墓了呀，留下原味瓜子等我们过来吃。"

小朋友马上就笑了，抓起瓜子就吃。

4

小麦与男人喝咖啡，我离开他们去洗了个头发。

等我洗完头回到他们身边。小麦说："妈，你洗过头了吗？完全看不出来啊。"

我说："我洗了呀。"

小麦说："你洗得都让人看不出来，那你洗头的意义完全没呈现。你还是再去洗一次吧！"

5

一家人坐着公交车去很远的一个地方。

花了六元车费。坐下来，在街上的长条凳上坐着吃瓜子。

一个有盖的咖啡纸杯里装着瓜子。男人打开盖子抓瓜子吃，壳就丢在杯盖上。

男人说要用瓜子壳盖一个金字塔。

于是父子俩很认真嗑瓜子，很认真建塔。

我看看这瓜子有半杯，一个小小的杯盖怎么装得下呢?

于是我让小麦当快递员，把壳运到不远处的垃圾筒去。

但小麦不肯，他要建金字塔。

一家人默默吃着瓜子。

突然父子俩开心地叫起来：“啊，成功啦！”

我看着那高高的瓜子金字塔，对身边两个男人充满了敬意！

6

一家人逛街，我进了一个首饰店，两个男人不爱看这些，他们就没进门。

我正在挑一对耳环，蛮好看的。正想把它买下来。

一个小朋友冲进来了，拖着我就跑。

拖到男人身边，气喘吁吁叫着：“爸，我把妈的钱包救出来了。”

我大叫起来：“啊，雨伞还在店里！”

于是小麦又像消防队员冲进火海一般去救那把雨伞了。

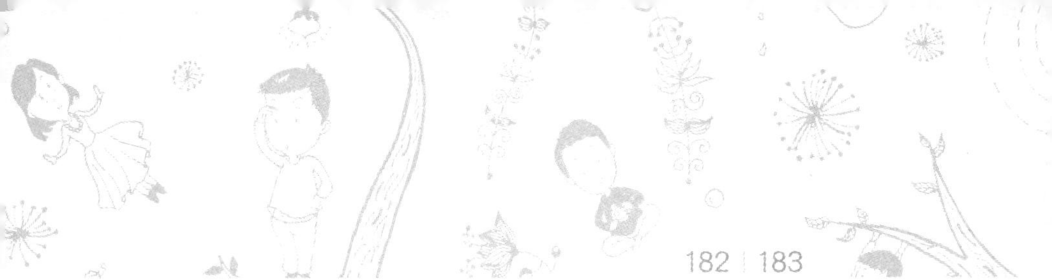

懒

麦妈：“小麦，你为什么那么喜欢穿校服？你几乎天天穿校服。”

小麦：“因为我喜欢校服呀！”

麦妈：“那你的喜欢是从哪里来的呢？喜欢的原点在哪里？”

小麦：“一个字。”

麦妈：“哪个字？”

小麦：“懒。”

麦妈：“懒？这怎么理解呢？”

小麦：“因为校服上有校牌呀，我只穿校服就不用换校牌了呀。如果我换其他衣服，那我的手要动，脚要动，全身都要动起来，我的海陆空三军全部都要出动，多麻烦啊。”

麦妈：“哦，我明白了。”

男人与女人是两套完全不同的神经系统。男人擅长把复杂的事情变简单，女人擅长把简单的事情变复杂。对了，明天我该穿哪件衣服呢？

千军万马

妈，有一个成语叫“千军万马”，那我很好奇，多出来的九千匹马怎么办呢?

哦，难道那九千匹马是士兵的粮食? 每个士兵分九匹马做干粮吗?

对了，我还有一个问题：这个军队的长官在哪里? 或者那九千匹马是给长官骑的?

妈，有没有可能“军”的意思是团队。如果一军有十个人，那千军与万马就匹配了。

与小麦走在路上，小麦如是说。路的尽头有三片豆腐干，犒赏他古灵精怪的脑子。

提醒蜘蛛

半夜三更一家人去街上找宵夜吃。

找到一家小吃店，生意还很火爆。于是坐到了二楼。

楼上大约鲜有人坐，窗口都结满了蜘蛛网。

等着锅贴与大饼上来的时间里，小麦不时起身去窗口呼哧呼哧吹蜘蛛网。

男人说：“小麦，你在干吗? 你别去搞蜘蛛啊！”

小麦一本正经回答：“我只是提醒蜘蛛不要沉溺于网络。”

自己的小时光

若永远囿于自己的小家，有些烦恼与痛苦永远无法超越。我将以一颗勇猛之心投身于当下，更多地承担与行动，全力地负荷或全然地放下。但我亦有自己的小时光：点一支香，写一会儿字，饮一盏茶，享受一个人的旅途或暗夜，这是我宠爱自己的方式，亦是我给予爱人孩子最温情的自由。

静止

今天出版社发来新书的封面，手绘风格，暖而美。去了一个古老的院子，仰起脸拍树，觉得是拍到了银河。白色的小蘑菇像一把江南的纸伞。不知名的树结出绿色的果实。从一扇门看出去，看到框架。一束光打在一朵蓝白相间的蝴蝶花上。镜头里的我笑得天真烂漫。捕捉到这些瞬间的时候，时空都是静止的。

春行

与男人一起出行。坐高铁没有座位。到一站有人起身我们就跑过去坐下，等有人上车来对号入座我们又起身。两口子相视大笑，或者对着窗外流动的春景默默不语。这一刻已走过了彼此的索要。因为内在的完整成圆，能够用心栽好任何一株植物。16 年，长途跋涉，如今值得。对小麦说：照顾好外公和阳台上的花草，爸爸妈妈一起去捧回一个大大的奖赏。

赤诚

她叫服务员打开房门的时候，我正坐在芬芳的浴缸里。

她眼睛明亮，神采飞扬，看着我，像看着一件稀世珍宝：“童，你真漂亮，身材真好啊！”

我坦然看着她：“你的身体也很美，我们是一样的。”

然后问她：“你要与我一起泡澡还是我泡好了你泡？”

她坐在浴缸前的地垫上说：“我下午游过泳，我不泡了，我看你泡。”

于是，一个人坐在浴缸里，一个人坐在浴缸外，轻轻地聊天。

没有倾诉，没有倾听，就无法交会。

她是一个美丽的女子，她在报纸上读到我的专栏文章，然后亲近我，直到互相拥有这样一个长夜。

我从浴缸里起身，裹上白色的大浴巾，发梢湿润，去刷了牙，脸上喷洒桂花纯露，身体有蜜橘的清香。

入住的是大床房，我没有带睡衣，也找不到酒店提供的浴袍，调灭了灯光，留下床头的台灯亮着，褪去浴巾钻到白色的被窝里。

她去洗漱，很快回来，脱去身上衣衫，打开被子钻了进来，像两条美人鱼徜徉在白色的海洋，我们一起笑起来。气氛如同山谷里携带着月光流淌的溪水。

她很自然从身后抱住我，脸贴在我的后背，手指轻触我

的肌肤，轻声说：“你真瘦小啊！皮肤真好！”她的身体温热，我的微凉，流泻的发丝交缠在一起，微弱的呼吸在黑夜被放大如潮水的起伏。

我们继续谈话，说着自己的故事就像在讨论电影的旁白，谈论情欲与肉身亦如评论花园里栀子的芬芳。不知何时入眠，朦胧中她在为我掖被角，也似乎有一双明亮的眼睛如灯炬整夜照亮我，照亮你我的本真面目。

男女之间赤裸相对容易，两个女子之间难。身体连接到性容易，超越性的吸引难。这一夜，推开心灵之窗，只看到云层皎洁，万籁俱寂，明月光亮升起。把对身体的看待回归到圣洁、坦荡的层次，把人世间的情感持有超越与升盈到清透、光亮的层次。这是对生命的珍视。

我若清澈，你便纯净。这是所有关系的法则。

宾至如归

到东莞女友家，女友还在回家的路上，阿姨出来接我，一进家门，又端水果又送汤。我坐在沙发上美美地吃。红心火龙果真甜，蜜柚水分足甜度也高，煲的汤就更靓了！忽然有一个很大的感受：受之这一切心安理得。以前做客去别人家，总会有些拘谨。现在好了，如登自家门。我想：脸皮厚是心灵进化的一个标尺。

小岛

黄昏的时候，在一幢旧楼的露台上喝木瓜糖水与双皮奶。冰镇过的，很清凉。然后坐车去一个岛上，看了一眼夕阳下的大海。晚餐吃到炸得又酥又脆的小鱼，脚下趴着两只同样花色的猫。视野内有很高大的木棉树，花期已过，绿叶舒展成嫩绿的云海。古老的大榕树将清风送入怀中。夜色慢慢变得深重。在这个静谧的小岛上，一个人，一本书，一间房，一艘船，我觉得我愿意等待月色，也愿意等到露水清凉。愿意等你来，也愿意送你离开。

给树跳一支舞

这棵树是我没有看到过的树
我从它旁边经过已经三天了
却在这个夜晚才看到它

看到了就像见到了老友一样
可它不说话
只有风沙沙对我私语
“你跳个舞吧！”
于是脱了鞋子在树底下跳舞
它忽然就动了起来
晃动整个身体
摇曳得比我要婀娜

背后深蓝的夜空
足有好几万里
没有染一丝人烟

顺应

冰天雪地。

屋檐下挂满了匕首与宝剑。

白天融化的雪水淌到地面上结成厚厚的冰。

在院子里颤巍巍走动。

扑通，摔了个四脚朝天。

左侧身体着地，左手臂被拉伸，左边髋骨痛了个结实。

啊！！！

于是躺了会，冰就在我身下，咯吱咯吱微响，深蓝的夜空就在我头顶，像一块巨大的厚丝绒，鼻尖凉凉的，北方干燥而凛冽的空气吸进来，整个胸腔都很清新。

于是我就被疗愈了！

小时光

走路去参加读书会，在街头看到有人卖竹器，就挑了个小竹篮，另一个很精巧，可以当花器。

读书会结束后穿过长长的街道，去花店买花，香槟色的玫瑰很特别，买了五支。

抱着花束穿过大半个城，沿着瓯江堤走路，看到水面上白鹭飞起。

在路口公交车站遇到男人与小麦刚好下车。

大声喊着他们的名字，到楼下将花束交由男人先带到楼上去。我与妹妹去车库打包发包裹。

晚上将花束分插到三个花瓶里。

陶罐里装上清水，玫瑰花枝修得短短的插在里面。

书桌的角落摆了一大盆。细细密密的小花就在我的余光里。

要讲课了，点一支崖柏香。

不紧不慢。不急不徐。不悲不喜。

这是我的小时光。

珍贵的是静默

家师向我招招手，我走过去。他带我走到一张方桌旁，自己先坐，又指示我也落座。

我们静静地坐着，谁也没说话。

最后还是家师打破了沉默：“修行上有什么想问的？”

我摇摇头。

家师点点头。

醒来后，备感黯然。家师那么想要我们学，生活中又有那么多松懈怠慢的时刻。欣慰的是梦里的我也懂得以身践法，能够抵制住语言交流的诱惑。

珍贵的是静默。

位格

旅途中，点一支香，写一会儿字，饮一盏茶。在人的视角，是分外美好。从超越性的高度，是无限束缚。

敞开你自己

新疆的豆妈刚走，瑞安的雅静又入住我家了。

男人在阳台种花，老爸在厨房做饭，我去阳台拖了地，小麦与新来的阿姨一起下棋。

马斯洛有一句名言：在一个一米五的房间里量身高，所有的人都不会超过一米五。

只关注自我，或只关注自己的小家，有些烦恼与痛苦永远无法超越。

保护自己最好的方式，是向这个世界无限敞开你自己。

贴金

最好的嘚瑟不是拿别人给自己贴金，也不是别人都拿你贴金，而是你能影响很多人活进自己的金色光芒里。

知己

临睡前，发现好累好累，刷了牙，脸都不想洗就睡了。睡前给自己点了一炉香，用了崖柏、沉香、茉莉、薄荷的配方，恍惚中，薄荷清凉的气息钻入口鼻，昏沉的大脑瞬间清醒放松下来，脑海中出现洁白的小茉莉，一朵一朵，衬着略微椭圆的绿色叶子。然后是古老的树木……房间里呈现静谧气氛着实令人放松。

想到即将开始的演讲，也是旅程中的一个小小站点。站在讲台上，自己的心灵得以打开，生命的经验、当下的创造获得铺展流动的机会。每一次的讲授，都是在当下去直接有力的担当。在众人面前，发出声音，承担着影响、联结、关怀与爱，却也是我一个人的心灵杂耍，在云端孤独的嬉戏与玩耍，如香，倏忽而来，倏忽而去，悠然变化，在动荡中猛然撞见天命的存在。

这个夜晚，这炉香带给我的启示。

香气是师，是知己。

春日素描

在 22 层的高楼里待了大半天，做了 23 页 PPT，有时候会与喵小姐轻轻聊天，香熏蜡烛散发着鸢尾的香气。

伏案久了，在房间里踱步，透过巨大的落地窗看到街道上摇曳的绿树。

觉得宁静不过就是在一个春日可以和友人围桌而坐，春风在拍打着窗户，茶的名字叫“山林溪”，书，闪烁的电脑屏幕，闲碎的对话。那样的时刻，真的感到幸福啊！

黄昏时下楼，光线渐柔和，坐地铁钻进城市的深处去取一盒名片，等待的时候，身边人来人往，与喵闲谈，高可谈及大圆满，低至红尘八卦，与知己的对话是对心的清理。

回来的时候买了一盒红艳艳的草莓，她抱着一个黄澄澄的甜瓜。

暮色垂下来，蓝色的蝴蝶花微微收敛花瓣。课程快开始了……

童.母与子

周末妈妈没有陪你玩，你在家招待说德语的亲人。趴在屋顶上看水池里的小鱼和睡莲，爬上屋脊张望排风口里有什么，听不懂对方的话没什么关系，用身体语言就可以玩耍嬉戏很开心。妈妈在百里之外爱着与你同龄的孩子。阳台上蔷薇正是盛开的时候。你是妈妈空旷的心里生长的小树。你负责郁郁葱葱，我负责原野开阔。

空性的本质

晨起，将家里的花瓶整理了一番，月季开得很茂盛，陶罐里装上新鲜的清水，插上月季花枝。剪一枝六月雪，配一朵太阳花也挺好看。几个香粉罐里装满香粉：崖柏、沉香、茉莉、薄荷。它们既可以独立熏香，也可以调成和香。

男人起床了，侍候一阳台的花花草草。小麦在身边晃悠，不时跳过来跟你说几句话。天气清凉。

平淡即是传奇，烦恼即菩提。前提是能看到万事万物具备的空性本质。

一瞬间的安稳喜乐，绵绵相续，便是长久。

良辰

与男人一起窝在沙发上。他开了电影，看一部日本片，题目叫《裁缝》。我把果壳篮放在中间，抓一把瓜子咯吱咯吱嗑。男人很快也被带领。果壳篮里有一个小小的月饼盒子，我说："老公，我们把这个小盒子用瓜子壳装满！"于是两口子用瓜子壳玩投篮游戏。

今天童穿了一个白底小点点图案的衬衫，配了一条深灰色长裙，扎着短短的马尾。男人摸摸我的头发，目光缠绕在我身上，一如十几年前一样明亮。

我们聊了聊明天早上的松饼如何配咖啡。又聊了聊电影里的女主角。我又回到书桌前工作。男人对我说电影里的台词，我就嗯嗯嗯嗯回应。男人说："你不要说嗯，你说其他的。"我有点骄傲地扬起头："我是'嗯'女王，我是'嗯'最高统治者！"

男人关了电影，说睡觉去吧！我也中断工作，两口子踢踏踢踏下楼。

各自洗漱，爬上床拧亮床头灯。他阅读，我写字。

心事几万重，唯有情默默。

是谓良辰。

生活的大师

醒来很早，男人抱紧我不让我起床。我说不，我要写微课教程还要打很多快递单。于是挣脱他的怀抱。男人在身后喊：“我们喝早间咖啡哦！”等我处理完一个文档，书房里传来叮叮咚咚的钢琴声，洗衣房里飘出咖啡的香气。一个生活大师正娴熟地冲着咖啡，冲好了端着盘子到书房，坐在窗前品咖啡。眼前是一片盛开的小花，身后是琴曲，身旁是爱人。但闻馨香，不争朝夕。

消融

晚上讲了一节微课，又录了一节微课。给自己斟一杯冰酒，邀请妹妹与我同饮。有人修行，吃斋念佛，可佛祖并没有说过那样会让我们成佛。童觉得期待和恐惧才应成为我们的戒律。即人应无所期待，也无所恐惧。

童永远以一颗勇猛之心投身于当下。更多的承担与行动，全力的负荷或全然的放下。

人生最后的归宿是消融。

好茶

晚上喝了一盏好茶，叫“棒喝”，回甘很温暖，让我想到安息香。安香息源于树皮受伤后分泌的修复成分，再加之被感染细菌，才会形成特殊芳香。其能量形态是把人带进生机盎然、缤纷多彩、纯真无忧的童话世界。棒喝后的顿悟也是复归于这份纯真吧！

比茶更滋养的是天阔地遥的谈话，围绕着世间事、亲子情。为什么需要做那么多表达呢？于童而言，不是需要证明什么，也不是取悦式的，只是有一个空间可以放置你的能量。也需要一个通道，让爱可以回流向我。寻找到能量对等的人不易，首先是你绽放，然后是容纳，自然就悠长。

旅程中最美妙的是这样的时光。是笔墨行走在宣纸上，写出诗篇，平铺在书桌上，一个人端赏。

独处

居住的房间外有一大片茑萝，上面落着一些树叶。它们一直在那里，宾客来来去去，被关注到必不是很多的。但它们兀自葱茂，不是为别人的关注而绿意盎然。在任何时刻都能看见和观察到自己的心性。香气与文字无疑是童最有力的支持。

远行

大部分的时间都在行走。

走过四季，走过山河，走在天地里。走的时候会安静下来，会觉得很渺小，会很孤独。

但会很美，充满光彩。远山近湖，层峦叠翠，烟波浩渺，丛林夕照，全是你的布景。

我是一个小人物，把自己放逐在大天地里。大时代下有大情怀，就这么安静的走下去，走过去。

专属

有一些创造是专属的。比如下午调的这一小支精华油。基底是很清透的椰子油，来自美国。加了一滴玫瑰，来自保加利亚的玫瑰谷。加了一滴荷花精油，估计在这个世界上只有 20 滴，现在童手上还有 19 滴（荷花精油萃取率万分之零点二）。加了一滴崖柏精油。看着它们在小瓶子里融合。很快的，它们与我的身体融合，变成独特的体香。身体细胞与植物香气的对话，很迷人的。你处在无数重世界，你却浑然不觉。但这是我宠爱自己的方式，你呢?

家常

明亮的晨曦中起来，将洗衣篮里的衣服抱到洗衣房，去厨房烧水、熬粥，将蕃薯叶撕干净，切了一个小辣椒，拍了两个蒜炒了一盘。父子俩还在沉睡。一个人坐在餐桌前吃早餐，大理石的地面泛着柔和的光泽。每一件事情饱含心意去做，做到极致。生活的每个当下都在呈现心灵。

亲密

如果在亲密关系里，你的能量被迫地、莫名其妙地就被束缚在一个方向，你整个人生都被窄化了！你就会明白为什么你会爱得很辛苦。

婚姻的忠诚不是道德约束出来的盆景，而是用美与爱浇灌出来的花朵。

你得有“彼此倾心，礼又不逾；一别两宽，心生欢喜”的异性知己。而你追不到，必须是吸引而来，且任其自来自去。

爱情里“爱”与“情”有不同的意义。“爱”连接着慈悲，而“情”关乎欲望。爱情里它们同在同美，都透着灵光。

纵然世事无常沧桑，你都安然朴素地与伴侣共生，这是真正的亲密。

第二次结婚

一般来讲，一个女人应该结两次婚。

第一次找一个心仪的伴侣，一般来讲会是个男人。

第二次是与自己结婚。

第一次的婚姻里常常由彼此吸引互相欣赏开始，然后将日子过成平淡，再生出无数的期待，一有期待就必然有失望，产生失望就引发负面幻想，然后为了证明自己是对的，就会费尽心思去找证据，当找到证据就站到了道德制高点。心理学专家李雪写过这样的一句话：“真正有爱的人没有道德感，道德只是丑恶的通行证。”我想了很久很久才明白过来。

当我们放下对伴侣期待的时候，我们就可以与自己结婚了。在婚姻里面，爱是核心。当我们与自己结婚，意味着爱自己既是需要，也是责任，然后变成一种习惯。当与自己结婚了，一个人的旅行是蜜月，一个人的饮酒是喜酒，一个人买枚戒指是信物，一个人睡觉也不会孤单。

现实生活中呢，常常是先与男人结婚，然后产生两股分流。智慧的女人一定会选个好日子嫁给自己。

因为，结过两次婚的女人，当自己的婚姻很不错的时候，与男人的那段婚姻一定充满了幸福。

第三块南瓜

童很喜欢吃蒸南瓜。碧桂园的早餐每天都有蒸南瓜，昨天我一口气吃了八块，坐在对面的人用万分复杂的眼光看着我。其实我还可以吃一盘的。

今天吃早餐又直奔南瓜，夹起两块，又夹起第三块，然后又把第三块放回去了。想了下不对，为什么它不可以被我吃？于是又夹了回来。

有一次去书店，挑中沈复的《浮生六记》，从书架上抽出一本，查看一下放回去换了一本，想了想为什么不可以是第一本？于是重新拿了第一本。

第一本书上有污渍，书我看完了，是一本好书。

第三块南瓜上有南瓜的硬蒂，南瓜也吃完了，照样好吃。

生活的细节透露出你的心意。

岛

坐船经过长长的芦苇荡，抵达一座湖泊中的小岛。

村子里的路还是泥路，狭小极了，房子凌乱成片，只有清脆的鸟鸣声啾啾，空气中有水草荷叶的气息。没有车，没有任何工厂作坊，粉色的小牵牛花到处攀爬。

朋友的亲戚是岛上的居民。每天就是划船去捕鱼。我第一次见识到捞起地笼时捉螺丝，往脸盆里一倒，就倒出半盆鲜活的鱼虾。

太阳底下晒得晕乎乎的，回到亲戚的小院，找到一张床，铺着一条花纹繁复的旧床单。我迷迷糊糊就睡了过去。

待醒来，床前一桌子热腾腾的河鲜。然后我发现一个惊天大秘密：

北方人，吃螺丝，得用牙签！

童自信优雅用筷子挟起螺丝，一吸一个准，螺丝壳装了五杯！

我想拥有一座岛。工作，不为报酬。爱，想不起伤害。跳舞，忘了别人的存在。

致谢

我无法表达对我的丈夫邱晓峰先生的谢意。

我知道笔墨难以形容他对我的深情，以及我在与他的婚姻里的那份成长。他深切地了解这一生我的使命比我们两个人的关系更为重要，是他在持续地、默默地推动着我走向更大的世界。

我也特别感谢我的孩子小麦。

他在 2006 年降临这个世界，一直用明亮的眼睛坚决地启发着我，透过他的视野看见人性中天使的本质。

我要感谢这本书里写到的所有的人，所有促成书里情节发生的因缘。我生命的厚重与美好就是这样被充盈的。

感谢读到此书的你。因为你的“看见”，鼓舞着我在写作这条道路上快乐奔跑。

感谢我自己。我知道的，我是一切的根源。